中国古代剑侠图传

ZHONGGUO GUDAI
JIANXIA TUZHUAN

[明] 王世贞　编　[清] 任渭长　等绘

山西出版传媒集团　北岳文艺出版社
·太原·

图书在版编目(CIP)数据

中国古代剑侠图传 / (明)王世贞编. —太原 : 北岳文艺出版社,2021.9
ISBN 978-7-5378-6450-3

Ⅰ.①中… Ⅱ.①王… Ⅲ.①侠义小说-中国-明代 Ⅳ.① I242.4

中国版本图书馆 CIP 数据核字(2021)第 174762 号

中国古代剑侠图传

编　　者: [明]王世贞
绘　　者: [清]任渭长等
责任编辑: 李建华
装帧设计: 张永文

出版发行: 山西出版传媒集团·北岳文艺出版社
地　　址: 山西省太原市并州南路 57 号
邮　　编: 030012
电　　话: 0351-5628696(发行部)
　　　　　0351-5628688(总编室)
传　　真: 0351-5628680
承 印 者: 山西新华印业有限公司

开　　本: 889mm×1230mm　1/32
字　　数: 160 千字
印　　张: 6.875
版　　次: 2021 年 9 月　第 1 版
印　　次: 2021 年 9 月　山西第 1 次印刷
书　　号: ISBN 978-7-5378-6450-3
定　　价: 32.00 元

出版说明

中国武术，源远流长。中国侠客，千年滥觞。他们仗剑千里，白马为伴，以武行侠。侠是灵魂，武是躯壳。侠是目的，武是手段。关于侠客的记载，最早于司马迁《史记》的《游侠列传》。它多多少少融合了历史事实与史家的主观视野。而当表现侠客的任务由史家转移到诗人、小说家、戏剧家肩上时，侠客形象的主观色彩更是大大强化。随着时代的演进，“侠”的观念越来越脱离其初创阶段的历史具体性，而演变成一种精神、气质，比如“侠骨”“侠情”“侠节”“侠烈”“侠气”“侠行”等。本书正是将中国古代剑侠的形象作一编辑整理，结集出版，以便广大武侠图书爱好者对中国剑侠这一特殊群体有形象深刻的认识与理解。

本书在编辑整理的过程，参看了河北人民出版社相关书籍，在此表示由衷地感谢。

北岳文艺出版社

2021年8月

目 录

中国古代剑侠图传·卷一

中国古代剑侠图传·卷二

中国古代剑侠图传·卷三

中国古代剑侠图传·卷四

续中国古代剑侠图传·卷一

续中国古代剑侠图传·卷二

续中国古代剑侠图传·卷三

续中国古代剑侠图传·卷四

中国古代剑侠图传·卷一

老人化猿

越王问范蠡手剑之术。蠡曰:“臣闻赵有处女,国人称之,愿王问之。”于是王乃请女。

女将见王,道逢老人,自称袁公。袁公问女曰:“闻女善为剑,愿得一观之。”女曰:“妾不敢有所隐也,唯公所试。”公即挽林杪之竹,似桔槔,末折堕地。女接取其末。公操其本而刺女;女应节入之,三入。女因举杖击之,公即飞上树,化为白猿。

扶余国王

隋炀帝之幸江都也，命司空杨素守西京。素骄贵，又以时乱，天下之权重望崇者，莫我若也，奢贵自奉，礼异人臣。每公卿入言，宾客上谒，未尝不踞床而见，令美人捧出，侍婢罗列，颇僭于上。末年愈甚，无复知所负荷，有扶危持颠之心。

一日，卫公李靖以布衣上谒，献奇策，素亦踞见之。靖前揖曰："天下方乱，英雄竞起，公为帝室重臣，须以收罗豪杰为心，不宜踞见宾客。"素敛容而起，与语大悦，收其策而退。

当靖之骋辩也，一妓有殊色，执红拂，立于前，独目靖。靖既去，向执拂者临轩指问曰："去者处士第几？住何处？"吏具以对，妓颔而去。

靖归逆旅。其夜五更初，忽闻叩门而声低者。靖起问焉，乃紫衣带帽人，杖揭一囊。靖问："谁？"曰："妾杨家之执拂妓也。"靖遽延入。脱衣去帽，乃十八九佳丽人也。素面华衣而拜，靖惊答拜。曰："妾侍杨司空，久阅天下之人多矣，无如公者。丝萝非独生，愿托乔木。故来奔耳。"靖曰："杨司空权重京师，如何？"曰："彼尸居余气，不足畏也。诸妓知其无成，去者众矣，彼亦不甚逐。已计之详矣，幸无疑焉。"问其姓，曰："张。"问其伯仲之次，曰："最长。"观其肌肤仪状，言辞气性，真天人也。靖不自意获之，愈喜愈惧，瞬息万虑不安。而窥户者足无停履。既数日，闻追讨之声，意亦非峻。乃雄服乘马，排闼而去。将归太原。

行次灵石旅邸。既设床，炉中烹肉且熟。张氏以发长委地，立梳床前。靖方刷马，忽有一人，中形，赤髯而虬，乘蹇驴而来。投革囊于炉前,取枕攲卧,看张梳头。靖怒甚,未决,犹刷马。张氏熟视其面,一手握发,一手映身摇示,令勿怒。急急梳头毕,敛衽前问其姓。卧客答曰:"姓张。"对曰:"妾亦姓张,合是妹。"遂拜之。曰:"第几?"曰:"第三。"因问:"妹第几?"曰:"最长。"遂喜曰:"今夕幸遇一妹!"张氏遥呼曰:"李郎且来见三兄。"靖骤礼之。

遂环坐,曰:"煮者何肉?"曰:"羊肉,计已熟矣。客曰:"饥甚。"靖出市胡饼,客抽腰匕首,切肉共食。食竟,余肉乱切,送驴前食之,甚速。

客曰:"观李郎之行,贫士也,何以致斯异人?"曰:"靖虽贫,亦有心者焉。他人见问,故不言;兄之问,则不隐耳。"具言其由。曰:"然则何之?"曰:"将避地太原。"曰:"然吾故非君所致也。"曰:"有酒乎?"曰:"主人西则酒肆也。"靖取酒一斗。既巡。客曰:"吾有少下酒物,李郎能同之乎?"曰:"不敢。"于是开革囊,取一人头并心肝,却收头囊中,以匕首切心肝,共食之,曰:"此人天下负心者,衔之十年,今始获之,吾憾释矣。"又曰:"观李郎仪形器宇,真丈夫也。亦闻太原有异人乎?"曰:"尝识一人,愚谓之真人也,其余,将帅而已。"曰:"何姓?"曰:"靖之同姓。"曰:"年几?"曰:"仅二十。"曰:"今何为?"曰:"州将之爱子也。"曰:"似矣!亦须见之。李郎能致吾一见否?"曰:"靖之友刘文静者,与之狎,因文静见之可也。然兄何为?"曰:"观气者言,太原有奇气,使吾访之。李郎何日到太原?"靖计之曰:"某日当到。"曰:"达之明日,日方曙,我于汾阳桥待耳。"言讫,乘驴而去,其行若飞。回顾已失。

靖与张氏且惊且喜,久之,曰:"烈士不欺人,固无畏。"促鞭而行。及期,入太原,候之,果相见。大喜,偕诣刘氏。诈谓文静曰："有善相者，思见郎君，请迎之。"刘文静素奇其人，方议论岸辅，一旦闻有客善相，其心可知，遽致酒延焉。既而太宗至，不衫不履，裼裘而来，神气扬扬，貌与常异。虬髯默然居末坐，见之心死。饮数杯，起招靖曰："真天子也。"靖以告刘。刘益喜，自负。既出，而虬髯曰："吾见之，十八九定矣。然须道兄见之。李郎宜与一妹复入京。某日午时，访我于马行东酒楼。楼下有此驴及瘦驴，即我与道兄俱在其所矣。到即登焉。"又别而去。靖与张氏复应之。

及期访焉，见二乘，揽衣登楼。虬髯与一道士方对饮，见靖惊喜，召坐，同饮十数巡，曰："楼下柜中有钱十万，择一深稳处驻一妹。某日复会于汾阳桥。"如期至，登楼，道士与虬髯已先坐矣。俱谒文静。时方奕棋，起揖而语。少焉，文静飞书迎文皇看棋。道士对文静奕，虬髯与靖旁立为侍者。俄而文皇来，长揖就坐，神清气朗，满坐风生，顾盼伟如也。道士一见惨然，敛棋子曰："此局输矣！输矣！于此失却奇，局哉！救无路矣！复奚言！"罢奕请去。

既出，谓虬髯曰："此世界非公世界也。他方可勉图之，勿以为念。"因共入京。虬髯路语靖曰："计李郎之程，某日方到。到之明日，可与一妹同诣某坊曲小宅。愧李郎往复相从一妹，悬然如磬。欲令新妇只谒，略议从容，无令前却。"言毕，吁嗟而去，靖亦驰马速征，俄即到京。与张氏同往。至一小板门，扣之。有应者也，拜曰："三郎令候李郎、一娘子久矣！"延入重门，门益壮丽，奴婢侍妾三十余人，罗列于前。青衣二十人，引靖入东厅。厅之陈设，穷极珍异，巾箱、妆奁、冠镜、首饰之盛，非人间之物，巾栉妆饰毕备。请更衣，衣又珍奇。既毕，传云："三郎来！"乃虬髯也。纱帽紫衫，趋走有龙虎之状。相见欢然，命妻出拜，亦天人也。遂延中堂，陈设盘筵之盛，虽王公家亦不侔也。四人对坐，陈馔次，出女乐二十人，旋奏于庭，似从天降，非人间之曲度。食毕，行酒。有苍头自西堂舁出二十床，各覆以锦帕。既列，尽去其帕，乃文簿匙钥之类。虬髯告靖曰："此皆珍宝货帛之数。吾之所有，悉以充赠。何者？某本欲于此世界求事，或当龙战二三年，建少功业。今既有主，住亦何为？太原李氏，真英主也！三五年内，即当太平。李郎以英特之才，辅清平之主，竭心尽力，必极人臣。一妹以天人之姿，蕴不世之艺，从夫之贵，荣及轩裳。非一妹不能识李郎，非李郎不能荣一妹。圣贤起陆之渐，际会如期，虎啸风生，龙腾云合，固非偶然也。将予之赠，以佐真主，赞功业，勉之！勉之！此后十余年，东南数千里外有异事，是吾得意之秋也。一妹与李郎可沥酒相贺。"复因命家童列拜，曰："李郎、一妹，是汝主也，可善事之。"言讫，与其妻戎服乘马，一奴从后，数步遂不复见。靖据其宅，遂为豪家，得以助文皇缔构之资，遂匡大业。

贞观中，靖以左仆射平章事。适东南蛮入奏曰："有海船千艘，甲兵数十万，入扶余国，杀其主自立，国已定矣。"靖知虬髯成功也，归告张氏，共沥酒向东南拜而贺之。乃知真人之兴，非英雄所冀，况非英雄者乎？人臣之谬思乱者，乃螳臂之拒走轮耳。或曰："卫公之兵法，半是虬髯所传也。"

嘉兴绳技

唐开元年中,数敕赐州县大酺。嘉兴县以百戏与司监竞胜精技,监官属意尤切。所由直狱者语于狱中云:“傥若有诸戏劣于县司,我辈必当厚责。然我等但能一事稍可观者,即获财利,叹无能耳。”乃各相问,至于弄瓦缘木之技,皆推求招引。

狱中有一囚,笑谓听由曰:“某有拙技,限在拘系,不得略呈其事。”吏惊曰:“汝何所能?”囚曰:“吾解绳技。”吏曰:“必然,吾当为尔言之。”乃具以囚所能白于监主。主召问罪轻重,吏云:“此囚人所累,逋缗未纳,余无别事。”官曰:“绳技人常也,又何足异乎?”囚曰:“某所为者,与人稍殊。”官又问曰:“如何?”囚曰:“众人绳技各系两头,然后于其上行立周旋,某只须一条绳粗细如指,五十尺,不用系着,抛向空中,腾踯翻覆,则无所不为。”官大惊悦,且令收录。

明日吏领至戏场,诸戏既作,唤此人令效绳技。遂捧一团绳,计百余尺,置诸地,将一头手掷于空中,劲如笔,初抛二三丈,次四五丈,仰直如人牵之,众大惊异。后乃抛绳虚空,高二十余丈,仰空不见端绪。此人随绳手寻,身足离地,其势如鸟,旁飞远扬,望空而去。脱身狴犴,在此日焉。

车中女子

唐开元中，吴郡士人入京应明经。至京，闲步曲坊，逢二少年，著大麻布衫，揖士人而过，色甚恭敬，然非旧识，士人谓误识也。后数日，又逢之，二人谓曰："公到此境，未为主，今日方欲奉迓，邂逅相遇，实慰我心，揖请便行。"士人虽甚疑怪，然强随之。抵数坊，于东市一小曲内，有临路店数间，相与直入。舍宇极整肃。二人携引升堂，列筵甚盛。二人与客据绳床对坐，更有数少年各二十余，礼亦谨，数数出门，若伺贵客。及午后，方云："至矣！"闻一车直门来。数少年拥后，直至堂前，乃一钿车。卷帘，见一女子从车中出，年可十七八，容色甚佳，梳满髻，衣则纨素。二人罗拜，女不答。士人拜之，女乃拜。遂揖客入。女乃升床，当席而坐，揖二人及客，乃拜而坐。又有十余后生，皆衣服轻新，各设拜列坐于客之下。陈以品味，馔至精洁。酒数巡，女子捧盃顾谓："二君奉谈，今喜得展见承，有妙技可得观乎？"士人逊谢曰："自幼至长，唯习儒经。弦管歌声，实未曾学。"女曰："所习非是也。君熟思之，先所能者何事？"客又沉思良久，曰："某为学堂中，着靴于壁上，行得数步。自余戏剧，则未为之。"女曰："然矣，请君试之。"士乃起行于壁上，不数步而下。女曰："亦大难事。"乃回顾坐中诸少年，各令呈技。俱起设拜，然后有于壁上行者，有手撮椽子行者，轻捷之戏，各呈数般，状如飞鸟。此人拱手惊惧，不知所措。少顷，女子起，辞出。士人惊惶不安。

又数日，途中复见二人，曰："欲假骏骑，可乎？"士人许之。至明日，闻宫苑中失物，掩捕失贼，唯收得马，是将驮物者。验问马主，遂收士人，入内侍省勘问，驱入小门。吏自后推之，倒落深坑数丈，仰望屋顶七八丈，唯见一孔，才见尺余。自旦至食时，见绳垂一器食下。士人馁，急取食之。食毕，绳乃引去。深夜忿甚，悲惋之极，仰望，忽见一物如鸟飞下，觉至身边，乃人也。以手抚士曰："计甚惊怕，然某在，无虑也。"听其声，则向所遇女子也。云："共君出矣。"以绢重缚士人胸膊讫，以绢头系女身，女纵身腾上，飞出宫城，去门数十里乃下，云："君且归江淮，求仕之计，望俟他日。"士人幸脱大狱，乞食而归。后，竟不敢求名西上矣。

僧侠

唐建中初，士人韦氏移家汝州，中路逢一僧，因与连镳，言论颇洽。

日将夕，僧指路歧曰："此数里是贫道兰若，郎君能重顾乎？"士人许之。因令家口先行，僧即处分从者供帐具食。行十余里，不至。韦生问之，即指一处林烟曰："此是矣。"及至，又前进。时已昏夜，韦生疑之，素善弹，乃密于靴中取弓衔弹，怀铜丸十余，方责僧曰："弟子有程期，适偶贪上人清论，勉副相邀。今已行二十里不至，何也？"僧但言："且行。"是僧前行百余步，韦生知其盗也，乃弹弹僧，正中其脑。僧初若不觉，凡五发，中之，僧始扪中处徐曰："郎君莫恶作剧。"韦骇之，知无可奈何，亦不复弹。

良久，至一庄墅。数十人列火炬出迎。僧延韦生坐一厅中，笑曰："郎君勿忧。"因问左右："夫人下处如法无？"复曰："郎君且自慰安之，即就此也。"韦生见妻女别在一处，供帐甚盛，相顾涕泣。即就僧，僧前掣韦生手曰："贫道，盗也，本无好意。不知郎君艺若此，非贫道亦不支也。今日固无他，幸不疑耳。适来贫道所中郎君弹悉在。"乃举手搦脑后，五丸坠焉。有顷，布筵具蒸犊，犊上札刀子十余，以齑饼环之。揖韦生就坐，复曰："贫道有义弟数人，欲令谒见。"言已，朱衣巨带者五六辈，列于阶下。僧叱曰："拜郎君！汝等向遇郎君，则成齑粉也。"

食毕，僧曰："贫道久为此业，今向迟暮，欲改前非。不幸有一子技过老僧，欲请郎君为老僧断之。"乃呼："飞飞出参郎君!”飞飞年才十六七，碧衣长袖，皮肉如腊。僧曰：“向后堂侍郎君。”僧仍授韦一剑及五丸，且曰：“乞郎君尽艺杀之，无为老僧累也。”引韦入一堂中，乃反锁之，堂中四隅明灯而俟。飞飞当堂执一短鞭，韦引弹，意必中，丸已敲落，不觉跃在梁上，循壁虚蹑。捷若猱玃。弹丸尽，不复中，韦乃运剑逐之。飞飞倏忽逗闪，去韦身不尺。韦断其鞭数节，竟不能伤。僧久乃开门，问韦：“与老僧除得害乎？”韦具言之。僧怅然顾飞飞曰：“郎君证成汝为贼也，知复如何!”僧终夜与韦论剑及弧矢之事。天将晓，僧送韦路口，赠绢百匹，垂泣而别。

京西店老人

唐韦行规,自言少时游京西,暮止店中。更欲前进,店有老人方工作,谓曰:“客勿夜行,此中多盗。”韦曰:“某留心弧矢,无所患也。”

因行数十里,天黑,有人起草中,尾之。韦叱不应,连发矢,中之,复不退。矢尽,韦惧,奔焉。有顷,风雷总至。韦下马,负一大树,见空中有电光相逐,如鞫杖势,渐逼树杪。觉物纷纷坠其前,韦视之,乃木札也。须臾,积札埋至膝。韦惊惧,投弓矢仰空中乞命。拜数十,电光渐高而灭,风雷亦息。韦顾大树,枝干尽矣。

鞍驮已失,遂返前店,见老人方箍桶。韦意其异人也,拜而且谢。老人笑曰:“客勿恃弓矢,须知剑术。”引韦入后院,指鞍驮言:“却领取,聊相试耳。”又出桶板一片,昨夜之箭,悉中其上。韦请役力承事,不许,微露击剑事,韦亦得一二焉。

兰陵老人

唐黎干为京兆尹时，曲江涂龙祈雨，观者数十。黎至，独有老人植杖不避。干怒，杖之，如击鞔革，掉臂而去。黎疑其非常人，命坊老卒寻之。至兰陵里之南，入小门，大言曰："我困辱甚，可具汤也。"地坊卒遽返，白黎。

黎大惧，因衣坏服，与坊卒至其处。时已昏黑，坊卒直入，通黎之官阀。黎唯而趋入，拜伏曰："向迷丈人物色，罪当十死。"老人惊曰："谁引尹来此！"即牵上阶。黎知可以理夺，徐曰："某为京尹，尹威稍损，则失官政。丈人埋形杂迹，非证慧眼不能知也。若以此罪人，是钓人以名，则非义士之心也。"老人笑曰："老夫过也。"乃具酒设席于地，招坊卒令坐。

夜深，语及养生，言约理辨，黎转敬惧。因曰："老夫有一技，谓力尹设。"遂入。良久，紫衣朱囊，盛长剑七口，舞于中庭，迭跃挥霍，批光电激，或横若掣帛，旋若炊火。有短剑二尺余，时时及黎之衽。黎叩头股栗。

食顷，掷剑于地，如北斗状，顾黎曰："向试尹胆气。"黎拜曰："今日已后，性命丈人所赐，乞役左右。"老人曰："尹骨相无道气，非可遽授，别日更相顾也。"揖黎而入。黎归，气色如病，临镜方觉须剃落寸余。翌日，复往，室已空矣。

中国古代剑侠图传·卷二

卢　生

唐元和中，江淮有唐山人者，涉猎史传，好道，常居名山。自言善缩锡，颇有师之者。

后于楚州逆旅遇一卢生，意气相合。卢亦语及炉火，称唐族乃外氏，遂呼唐为舅。唐不能相舍，因邀同之南岳。卢亦言亲故在阳羡，将访之，今且贫舅山林之程也。

中途止一兰若，夜半，语笑方酣，卢曰："知舅善缩锡，可以梗概论之。"唐笑曰："某数十年重迹从师，只得此术，岂可轻道耶？"卢复祈之不已，唐辞以师授有时日，可至岳中相传。卢因作色曰："舅今须传，勿等闲也。"唐责之曰："某与公风马牛耳，邂逅相遇，实慕君子，何至驺卒不若也！"卢攘臂瞋目，盼之良久，曰："我侠客也，如不得术，舅将死于此。"因怀中探乌革囊，出匕首，形如偃月，执火前熨斗，削之如泥。

唐恐惧，具述。卢笑曰："几误杀舅。"此术十得五六，方谢曰："某师，仙也，今某等十人索天下妄传黄白术者杀之，至添金缩锡，传者亦死。某久得乘蹻之道者。"因拱揖唐，忽失所在。自后遇道流，常陈此事以戒之。

聂隐娘

聂隐娘者，唐贞元中魏博大将聂锋之女也。年方十岁，有尼乞食于锋舍，见隐娘，悦之，乃云："问押衙乞取此女。"锋大怒，叱尼。尼曰："任押衙铁柜中盛，亦须偷去矣。"及夜，果失隐娘所在。锋大惊骇，令人搜寻，曾无形响。父母每思之，相对涕泣而已。

后五年，尼送隐娘归，告锋曰："教已成矣，可自领取。"尼欻亦不见。一家悲喜，问其所习。曰："初但读经念咒，余无他也。"锋不信，恳诘。隐娘日："真说又恐不信，如何？"锋曰："但真说之。"乃曰："隐娘初被尼挈去，不知行几里，及明，至大石穴中，嵌空数十步，寂无居人。猿猱极多，松萝益邃。已有二女，亦各十岁，皆聪明婉丽，不食，能于峭壁上飞走，若捷猱登木，无有蹶失。尼与我药一粒，兼令长执宝剑一口，长二尺许，锋利吹毛可断。遂令二女教其攀缘，渐觉身轻如风。一年后，刺猿猱百无一失，后刺虎豹，皆决其首而归。三年后能飞，使刺鹰隼，无不中。剑之刃渐减五寸，飞走遇之，不知其来也。至四年，留二女守穴，挈我于都市，不知何处也。指其人者，一一数其过，曰：为我刺其首来，无使知觉。定其胆，若飞鸟之容易也。受以羊角匕首，刃广三寸，遂白日刺其人于都市，人莫能见。以首入囊，返命，以药化之为水。五年，又曰：某大僚有罪，无故害人若干，夜可入其室，决其首来。又携匕首入室，度其门隙，无有障碍，伏之梁上，至瞑时得其首而归。尼大怒曰：何太晚如是？某云：见前人戏弄一儿，可爱，未忍便下手。尼叱曰："已后遇此辈，先断其所爱，然后决之。某拜谢。尼曰：

吾为汝开脑后，藏匕首而无所伤，用即抽之。曰：汝术已成，可归家。遂送还，云：后二十年方可一见。”

锋闻语甚惧。后遇夜即失踪，及明而返，锋已不敢诘之。因兹亦不甚怜爱。

忽值磨镜少年及门，女曰：“此人可与我为夫。”白父，父不敢不从，遂嫁之。其夫但能淬镜，余无他能。父乃给衣食甚丰，外室而居。数年后，父卒。魏帅稍知其异，遂以金帛召，署为左右吏。

如此又数年，至元和间，魏帅与陈许节度使刘昌裔不协，使隐娘贼其首。隐娘辞帅之许。

许帅能神算，已知其来，召牙将，令来日早至城北候一丈夫一女子各跨白黑卫至门，遇有鹊前噪，丈夫以弓弹之，不中，妻夺夫弹，一丸而毙鹊者，揖之云：“吾欲相见，故远相只迎也。”

卫将受约束。遇之，隐娘夫妻曰：“刘仆射真神人，不然者，何以洞君也？愿见刘公。”刘劳之。隐娘夫妻拜曰：“得罪仆射，合万死。”刘曰：“不然，各亲其主，人之常事。魏今与许何异？顾请留此，勿相疑也。”隐娘谢曰：“仆射左右无人，愿舍彼而就此，服公神明也。”盖知魏帅之不及刘。刘问其所须。曰：“每日只要钱二百文足矣。”乃依所请。忽不见二卫所之，刘使人寻之，不知所向。后潜于布囊中见二纸卫，一黑一白。后月余，白刘曰：“彼未知信，必使人继至。今宵请翦发，系之以红绡，送于魏帅枕前，以表不回。”刘听之。至四更，却返，曰：“送其信了。后夜必使精精儿来杀某及贼仆射之首。此时亦万计杀之，乞不忧耳。”

刘豁达大度，亦无畏色。是夜明烛，半宵之后，果有二幡子，一红一白，飘飘然如相击于床四隅。良久，见一人自空而踣，身首异处。隐娘亦出曰："精精儿已毙。"拽出于堂之下，以药化为水，毛发不存矣。

隐娘曰："后夜当使妙手空空儿继至。空空儿之神术，人莫能窥其用，鬼莫得蹑其踪，能从空虚入冥，善无形而灭影。隐娘之艺，故不能造其境。此即系仆射之福耳。但以于阗玉周其颈，拥以衾，隐娘当化为蠛蠓，潜入仆射肠中听伺，其余无逃避处。"刘如言。至三更，瞑目未熟，果闻项上铿然，声甚厉。隐娘自刘口中跃出，贺曰："仆射无患矣！此人如俊鹘，一搏不中，即翩然远逝，耻其不中耳。才未逾一更，已千里矣。"后视其玉，果有匕首划处，痕逾数分。

自此刘转厚礼之。自元和八年，刘自许入觐。隐娘不愿从焉，云："自此寻山水，访至人。"但乞一庐给与其夫，刘如约。后渐不知所之。及刘薨于统军，隐娘亦鞭驴而一至京师柩前，恸哭而去。

开成年，昌裔子纵除陵州刺史，至蜀栈道，遇隐娘，貌若当时，甚喜相见。依前跨白卫如故，谓纵曰："郎君大灾，不合适此。"出药一粒，令纵吞之，云："来年火急抛官归洛，方脱此祸。吾药力只保一年患耳。"纵亦不甚信，遗其缯彩。隐娘一无所受，但沉醉而去。后一年，纵不休官，果卒于陵州。自此无复有人见隐娘。

荆十三娘

唐进士赵中立，家于温州，以豪侠为事。至苏州旅舍支山禅院，僧房有一女商荆十三娘，为夫亡设大祥斋。因慕赵，同载归扬州。

赵以气义耗荆娘之财，殊不介意。其友人李正郎弟三十九有爱妓，妓之父母夺以与诸葛殷，李怅恨不已。时诸葛与吕用之幻惑太尉高骈，恣行威福。李惧祸，饮泣而已。偶话于荆娘，荆娘亦为之愤惋，谓李三十九郎曰："此小事，我能为郎取之。但请过江，于润州北固山六月六日正午时待我。"李并依之。至期，荆娘以囊盛妓，兼致妓之父母首，归于李。

复与赵同入浙中，不知所终。

红 线

唐潞州节度使薛嵩家青衣红线者，善弹阮咸，又通经史。嵩召俾其掌笺表，号曰内记室。时军中大宴，红线谓嵩曰："羯鼓之声颇甚悲切，其击者必有事也。"嵩素晓音律，曰："如汝所言。"乃召而问之，云："某妻昨夜身亡，不敢求假。"嵩即遣归。

是时，至德之后，两河未宁，以滏阳为镇，命嵩固守，控压山东。杀伤之余，军府草创，朝廷命嵩女嫁魏博节度使田承嗣男，又遣嵩男娶滑亳节度使令胡章女，三镇交为姻娅，使日浃往来。

田承嗣常患肺气，遇暑益剧，每曰："我若移镇山东，纳其凉冷，可以延数年之命。"乃募军中武勇十倍者，得三千人，号外宅男，而厚其邺养。常令三百人夜直州宅，卜良日，将并潞州。

嵩闻之，日夕忧闷，咄咄自语，计无所出。时夜漏方深，辕门已闭，策杖庭际，唯红线从焉。红线曰："主公一月不遑寝食，意有所属，岂非邻境乎？"嵩曰："事系安危，非汝能料。"红线曰："某诚贱品，亦能解之忧。"嵩闻此语异，乃曰："我不知汝是异人，诚暗昧也。"遂具告其事，曰："我承祖父遗业，受国家厚恩，一旦失其疆土，即数百年功勋尽矣！"红线曰："此易与耳，不足劳主忧焉。某暂到魏境，观其形势，觇其有无。今一更登途，二更可以复命。请先定一走马使具寒暄书，其他则待某却回也。"嵩曰："倘事或不济，反速之祸，又如之何！"红线曰："某之此行，无不济也。"乃入闱房，饰其行具，梳乌蛮髻，插金凤钗，衣紫绣短袍，着青丝轻履，胸前挂龙纹匕首，额上书太乙神名，再拜而行，倏忽不见。嵩乃返身闭户，背烛危坐。常时饮酒不过数合，是夕举觞十余不醉。忽闻晓角吟风，一叶坠露，惊而起问，即红线回矣！嵩喜而慰劳，询事谐否？红线对曰："幸不辱命。"又问曰："无杀伤否？"曰："不至是，但取床头金盒为信耳。"又曰："某子夜前三刻，即达魏城，凡历数门，遂及寝所。闻外宅儿止于房廊，睡声雷动。见中军士卒步于庭下，传呼风生。乃发其左扉，抵其寝帐。田亲家翁止于帐内，鼓趺酣眠，头枕文犀，髻包黄縠，枕前露一七星剑，剑前仰开一金盒，内书生身甲子与北斗神名，复以名香美珠压镇其上。然则扬威玉帐，坦其心豁于生前，熟寝兰堂，不觉命悬于手下。宁劳擒纵，只益伤嗟。时则蜡炬烟微，炉香烬委，侍人四布，兵仗森罗。或头触屏风，鼾而亸者，或手持巾拂，寝而伸者。某乃拔其簪珥，褰其裳衣，如病如醒，皆不能寤。遂持金盒以归。出魏城西门，将行三百里，见铜台高揭，漳水东流，晨钟动野，斜月在林。忿往喜还，顿忘于行役；感知酬德，聊副于咨谋。夜漏三时，往返七百里，入危邦一道，经过五六城。冀减主忧，敢言劳苦！"嵩乃发使入魏，遗承嗣书曰："昨来暮夜有客自魏中来，云从元帅床头获一金盒。不敢留驻，谨却封纳。"专使星驰，夜半方达，正见搜捕金盒，一军忧疑。使者以马捶挝门，非时请见。承嗣遽出，使者以金盒授之。捧承之时，惊怛绝倒。遂留使者，止于宅中，狎以私宴，多其赐赉。明日，遣使赍帛三万匹，名马二百匹，及珍异等，以献于嵩。曰："某之首领，系在恩私。便宜知过自新，不复更贻伊戚。专膺指使，敢议亲姻，役当捧毂后车，来则麾鞭前马。所置纪纲外宅儿者，本防他盗，亦非异图。今并脱其甲裳，放归田亩矣。"由是两月内，河北、河南信使交至。

忽一日，红线辞去。嵩曰："汝生我家，今欲安往？又方赖汝力，岂可议行？”红线曰：“某前生本男子，游学江湖间，读神农药书而救世人灾患。时里有孕妇，忽患蛊症，某误以芫花酒下之，妇人与腹中二子俱毙。是某一举杀其三人。阴律见诛，罚为女子，使身居贱隶，气禀凡俚。幸生于公家，今十九年矣。身厌绮罗，口穷甘鲜，宠待有加，荣亦甚矣。况国家建极，庆且无疆。此辈背违天理，当尽患。昨至魏邦，以示报恩。今两地保其城池，万人保其性命。使乱臣知惧，烈士谋安。某一妇人，功亦不小。固可赎其前罪，还其本形。便当遁迹尘中，栖心物外，澄清一气，生死长存。”嵩曰：“不然，以千金为居山之所。”红线曰：“事关来世，安可予谋？”嵩知不可留，乃广为饯别，悉集宾僚，夜宴中堂。嵩以歌送红线酒？请座客冷朝阳为词，词曰：“采菱歌怨木兰舟，送客魂消百尺楼。还似洛妃乘雾去，碧天无际水空流。”

歌竟，嵩不胜其悲。红线拜且泣，因伪醉离席，遂亡所在。

田膨郎

唐文宗皇帝尝宝白玉枕，德宗朝于阗国所贡，雕琢奇巧，盖稀代之宝。置寝殿帐中，一旦忽失所在。禁卫清密，然非恩渥嫔御，莫有至者。珍玩罗列，他无所失。上惊骇移时，下诏于都城索贼。密谓枢近及左右广中尉曰："此非外寇所入盗，当在禁掖。苟求之不获，且虞他变，一枕固不足惜，卿等卫我皇宫，必使罪人斯得。不然，天子环卫，自兹无用矣！"内宫惶栗服罪，请以浃旬求捕。大悬金帛购之，略无寻究之迹。圣旨严切，校系者渐多。坊曲闾里，靡不搜捕。

有龙武二蕃将王敬弘，常蓄小仆，年甫十八九，神采俊利，使之无往不屈。敬弘与流辈于威远军会宴，有侍妓善鼓胡声。四座酒醉，因请度曲。辞以乐器非妙，须常御者弹之。钟漏已传，求之不及，因起解带。小仆曰："若要琵琶，顷刻可至。"敬弘曰："禁鼓才动，军门已锁，寻常汝岂不见，何言之谬也？"既而就饮数巡，小仆以绣囊将琵琶而至。坐客欢笑，南军去左广往复三十余里，入夜且无行旅，既而倏忽往来，敬弘惊异如失。时又失枕，搜捕严急，意以盗窃疑之。

宴罢，及明，遽归其第，引而问之，曰："使汝累年，不知蹻捷如此。我闻世有侠士，汝莫是否？"小仆谢曰："非有此事，但能行耳。"因言："父母皆在蜀川，频年偶至京国。今欲却归乡里，有一事欲报恩。偷枕者早知姓名，三数日当令服罪。"敬弘曰："如此事即非等闲。遂令全活者不少。未知贼在何许？可报司存掩获否？"小仆曰："偷枕者，田膨郎也。市廛军伍，行止不恒，勇力过人，且善超越。苟非便折其足，虽千兵万骑亦将奔走。自兹再宿，候之于望仙门。伺便擒之，必矣。将军随某观之。此事仍须秘密。”

是时涉旬无雨，向晚埃尘颇甚，车马腾践，跬步间人不相睹。膨郎与少年数辈，连臂将入军门。小仆执毬杖击之，欻然已折左足，仰面窥曰：“我偷枕来不怕他人，唯惧于尔。既此相值，岂复多言！”于是舁至左右军，一款而服。上喜得贼，又知获在禁旅，引膨郎临轩诘问，具陈常在宫内往来。上曰：“此乃任侠之流，盖非常之窃盗。”内外囚系数百人，于是悉令原之。小仆初得膨郎，已告敬弘归蜀，寻之不可，但赏敬弘而已。

中国古代剑侠图传·卷三

昆仑奴

唐大历中有崔生者，其父为显僚，与盖天之勋臣一品者熟。生是时为千牛，其父使往省一品疾。生少年容貌如玉，性禀孤介，举止安详，发言清雅。一品命姬轴帘，召生入室。生拜传父命，一品忻然慕爱，命坐与语。时三姬人，艳皆绝代，居前以金瓯贮绯桃而擘之，沃以甘酪而进。一品遂命衣红绡姬者，擎一瓯与生食。生少年，赧妓辈，终不食。一品会红绡姬以匙而进之，生不得已而食。姬哂之。遂告辞而去。一品曰："朗君闲暇，必须一相访，无间老夫也。"命红绡姬送出院。时生回顾，姬立三指，又反掌者三，然后指胸前小镜子，云："记取。"余更无言。

生归达一品意，返学院，神迷意夺，语减容沮，恍然凝思，日不暇食，但吟诗曰："误到蓬山顶上游，明珰玉女动星眸。朱扉半掩深宫月，应照琼芝雪艳愁。"

左右莫能究其意。时家中有昆仑奴磨勒，顾瞻郎君，曰："心中有何事，如此抱恨不已？何不报老奴？"生曰："汝辈何知，而问我襟怀间事？"磨勒曰："但言，当为郎君释解，远近必能成之。"生骇其言异，遂具告之。磨勒曰："此小事耳，何不早言之，而自苦耶！"生又白其隐语。勒曰："有何难会？立三指者，一品宅中有十院歌姬，此乃第三院耳。反掌三者，数十五指，以应十五日之数。胸前小镜子，十五夜月圆如镜，令郎君来耳。"生大喜不自胜，谓磨勒曰："何计而能达我郁结？"磨勒笑曰："后夜乃十五夜，请深青绢两匹，为郎君制束身之衣。一品宅有猛犬守歌姬院门外，常人不得辄入，入必噬杀之。其惊如神，其猛如虎，即曹州孟海之犬也。世间非老奴不能毙此犬耳，今夕当为郎君挝杀之。"遂宴，犒以酒肉。至三更，携炼锥而往。食顷而回，曰："犬已毙讫，因无障塞耳。"是夜三更，与生衣青衣，遂负而逾十重垣，乃入歌姬院内，止第三门，绣户不扃，金缸微明，唯闻姬长叹而坐，若有所俟。翠环初坠，红脸才舒，幽恨方深，殊愁转结，但吟诗曰："深洞莺啼恨阮郎，偷来花下解珠珰。碧云飘断音书绝，空倚玉箫愁凤凰。"

侍卫皆寝，邻近阒然。生遂缓搴帘而入。姬良久验是生，乃跃下榻，执生手曰："知郎君款悟，必能默识，所以手语耳。又不知郎君有何神术，而能至此？"生具告磨勒之谋，负荷而至。姬曰："磨勒何在？"曰："帘外耳。"遂召入，以金瓯酌酒而饮之。姬白生曰："某家本富，居在朔方。主人拥旄，逼为姬仆。不能自死，尚且偷生。脸虽铅华，心颇郁结。纵玉箸举馔，金炉泛香。云屏而每近绮罗，绣被而常眠珠翠，皆非所愿，如在桎梏。贤爪牙既有神术，何妨为脱狴牢？所愿既伸，虽死不悔，请为仆隶，愿侍光容。又不知郎君高意如何？"生愀然不语。磨勒曰："娘子既坚确如是，此亦小事耳。"姬甚喜。磨勒请先为姬负其囊橐妆奁，如此三复焉，然后曰："恐迟明。"遂负生与姬而飞出峻垣十余重。一品家之守御无有警者。遂归学院而匿之。

及旦，一品家方觉。又见犬已毙，一品大骇曰："我家门垣从来邃密，扃镝甚严，势似飞腾，寂无形迹，此必是一大侠矣！无更声闻，徒为患祸耳。"姬隐崔生家二岁，因花时驾小车而游曲江，为一品家人潜志认，遂白一品。一品异之，召崔生而诘之事。惧而不敢隐，遂细言端由，皆因奴磨勒负荷而去。一品曰："是姬大罪过！但郎君驱使逾年，即不能问是非。某须为天下人除害！”命甲士五十人，严持兵仗围崔生院，使擒磨勒。磨勒遂持匕首，飞出高垣，瞥若翅翎，疾问鹰隼，攒矢如雨，莫能中之。顷刻之间，不知所向。然崔家人惊愕。后一品悔惧，每夕多以家童持剑戟自卫。如此周岁方止。后十余年，崔家有人见磨勒卖药于洛阳市，容发如旧耳。

许 寂

蜀许寂,少年栖四明山,学《易》于晋征君。一日,有夫妇同诣山居,携一壶酒。寂诘之。云:"今日离剡县。"寂曰:"道路甚遥,安得一日及此?"颇有异之。然夫甚少而妇颜色过之,状貌毅然而寡默。其夕以壶觞命许同酌,此丈夫出一拍板,遍以铜钉钉之,乃抗声高歌,悉是说剑之意。俄自臂间抽出二物,展而喝之,即二口剑也。跃起在寂头上,盘旋交击。寂甚惊骇。寻而收匣之。饮毕就寝。及旦,乃空榻也。至日中,复有一头陀僧来寻此夫妇。寂具道之。僧曰:"我亦其人也,道士能学之乎?"寂辞曰:"少尚玄教,不愿为此。"其僧傲然而笑,乃取寂净巾拭脚,徘徊间,已不见矣。后再于华阴遇之,始知其侠也。杜光庭自京入蜀,宿于梓潼厅。一僧后至,县宰周乐与之有旧,乃云:"今日自兴元来。"杜异之。明发,僧遂前去。宰曰:"此僧乃鹿芦屩,亦侠之流也。"诗僧齐已于沩山林下亲遇一僧,于头指甲下抽出二剑,跳跃凌空而去。

丁秀才

郎州道士罗少微，顷在茅山紫阳观寄泊。有丁秀才者，亦同寓于观中，举动风味，不异常人。然不汲汲于进取。盘桓数年，观主亦善遇之。

冬夕，霰雪方甚。二三道士围炉有肥羜美酝之羡。丁曰："致之何难！"时以为戏言。俄见开户奋袂而去。少顷，蒙雪而回，提一银榼酒，熟羊一足，云："浙帅厨中物。"因是惊讶欢笑，掷剑而舞，腾跃而去，不知所往，唯银榼存焉。

院主以状闻于县官。诗僧贯休《侠客》诗曰："黄昏风雨黑如磐，别我不知何处去。"得非江淮间曾聆此事而构思也？

潘将军

京国豪士潘将军，住光德坊。本居襄汉间，常乘舟射利。因泊江壖，有僧乞食，留止累日，尽心檀施。僧归去，谓潘曰："观尔形质器度，与众贾不同，至于妻孥，皆享厚福。"因以玉念珠一串留赠，曰："宝之，不但聚财也，后亦有官禄。"既而迁贸数年，遂镪均陶郑。其后，职居左广，列第于京师。常宝念珠，贮之以绣囊玉合，置道场内。每月朔，则出而拜之。一旦开合启囊，已亡珠矣；然而缄封若旧，他物亦无所失。于是夺魄丧精，以为其家将破之兆。

有主藏者，常识京兆府停解所由王超，年且八十，因密话其事。超曰："异哉，此非攘窃之盗也！某试寻之，未知固得否。"超他日曾过胜业坊北街，时春雨初霁，有三鬟女子，可年十七八，衣装褴褛，著木履于道侧槐树下。

值军中少年蹴鞠，接而送之，直高数丈。于是观者渐众，超独异之。而止于胜业坊北门短曲，有母同居，盖以纫针为业。超时因以他事熟之，遂为甥舅。居室甚贫，与母同卧土榻，烟爨或不动者往往经于累日，或设馐肴。时有水陆珍异。吴中初进洞庭橘，恩赐宰臣外，京辇未有此物。密以二枚赠超，云："有人于内中将出。"而禀性刚决，意甚疑之。

如此往来周岁矣。超一旦携食与之，从容徐谓曰："舅有深诚，欲告外甥，未知何如？"因曰："每感重恩，恨无所答，若力可施，必能赴蹈汤火。"超曰："潘将军失却念珠，不知知否？"微笑曰："从何知之？"超揣其意，不甚藏密，又曰："外甥但可寻觅，厚备缯彩酬赠。"女子曰："勿言于人。某偶与朋侪为戏，终却送还，因循未暇。舅来日诘旦，于慈恩寺塔院相候，某知有人寄珠在此。”

超如期而往，顷刻至矣。时寺门始开，塔户犹锁，谓超曰：“少顷仰观塔上，当有所见。”语讫而走，疾若飞鸟。忽于相轮上举手示超，欻然携念珠而下，曰：“便可将还，勿以财帛为意。”超送诣潘，具述其旨，因以金玉缯帛，密为之赠。明日访之，已空室矣。

冯缄给事尝闻京师多任侠之徒，及为尹，密询左右，引超具述其语。将军所说，与超符同。

宣慈寺门子

宣慈寺门子,不记姓氏,酌其人,任侠徒也。

唐乾符二年,韦昭范登宏词科。昭范乃度支使杨严懿亲,及宴席,帟幕器皿之类,假于计司,严复遣以使库供借。其年三月,宴于曲江亭子,供帐之盛,罕有其比。时进士同日有宴,都人观者甚众。饮兴方酣,俄睹一少年跨驴而至,骄悖之状,旁若无人。

于是俯逼筵席,张目引颈,复以巨棰振桌佐酒,谑浪之词,所不能听。诸君子骇愕之际,忽有于众中批其颊者,随手而堕。于是连加殴击,又夺所执棰之百余。众皆致怒,瓦砾乱下,殆将毙矣。当此之际,紫云楼门轧然而开,有紫衣从人数辈驰告曰:"莫打!"传呼之声相续。又一中贵驱殿甚盛,驰马来救。复操棰迎击,中者无不面仆于地,敕使亦为所击,皆本马而返,与从人俱入,门亦随闭。座内甚忻愧,然不恻其来,又虑事连宫禁,祸不旋踵。乃以缗钱束素,召行殴者,徐诘之曰:"尔何人?与诸郎君阿谁有素,而能相为如此?"

对曰:"某是宣慈寺门子,亦与诸郎君无识,第不平此人无礼耳。"

众皆嘉叹,悉以钱帛遗之。复相谓曰:"此人必然亡去,不然,当为杀之。"

后旬朔,座中之客多有假途宣慈寺门者,门子皆能识之,莫不加敬焉。

李龟寿

唐晋公王铎，僖宗朝再入相，不协于权道，唯公心以宰天下。故四方有所请，碍于行者，必固争不允。由是藩镇忌焉。而志尚坟典，虽门施行马，庭列凫钟，而寻绎未尝倦。于永宁里第别筑书斋，每朝退，独处其中，忻忻如也。

一日，将入斋，唯所爱卑脚犬花鹊相从。既启扉，而犬连吠，衔公衣却行，叱之不解。既入，花鹊仰视，鸣噪亦急。公疑之，乃于匣中拔千金剑按于膝上，仰空祝曰："若有异物，可出相见。吾乃丈夫，岂胁于鼠辈而相逼耶！"言讫，欻有一物，自梁而堕地，乃人也。朱发，衣短皂衣，色貌黔瘦，顿首连拜，唯曰："死罪！"公止之，且询来意及姓名。对曰："李龟寿，虔龙塞人也。有人赂某，令不利于公。某感公之德，复为花鹊所警，形不能匿。公若赦某罪，愿以余生事公。"公曰："待汝以不死。"遂命元从都押衙傅存初录之。

明日旦，有妇人至门，衣装单急，曳履而背襁婴儿，请于阍者曰："幸为我语李龟寿。"龟寿出，乃妻也。且曰："讶君稍迟，昨夜自蓟来寻。"及铎卒，龟寿尽室亡去。

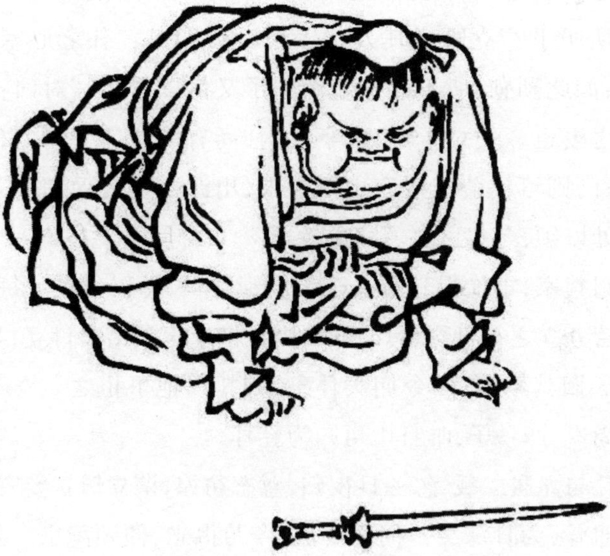

贾人妻

唐余干县尉王立，调选佣居大宁里。文书有误，为主司驳放，资财荡尽，仆马丧失，穷悴颇甚，每乞食于佛祠。徒行晚归，偶与美妇人同路，或前或后依随。因诚意与言，气甚相得。立因邀至其居，情款甚洽。

翌日，谓立曰："公之生涯何其困哉！妾居崇仁，资用稍备，倘能从居乎？"立既悦其人，又幸其给，即曰："仆之厄塞，阽于沟渎，如此勤勤，所不敢望。然则子又何以营生？"对曰："妾素贾人之妻也。夫亡十年，旗亭之内，尚有旧业，朝肆暮家，日赢钱三百，则可支公。授官之期尚未，出游之资且无，脱不见鄙，但同处以须，冬集可矣。"立遂就焉。

阅其家，丰俭得其所。至于扃锁之具，悉以付立。每出，则必先营办立之一日馔焉。及归，则又携米肉钱帛以付立，日未尝阙乏。悯其勤劳，因令佣买仆隶，妇托以他事拒之。立不之强也。周岁，产一子，唯日中再归为乳耳。

凡与立居二载，忽一日夜归，意态彷徨，谓立曰："妾有冤仇，痛缠肌骨，为日深矣。伺便复仇，今乃得志，便须离京。公其努力，此居处五百缗，自置契书在屏风中，室内资储，一以相奉。婴儿不能将去，亦公之子也。公其念之！"言讫，收泪而别。立不可留止，视其所携囊，乃人首耳。立甚惊愕。其人笑曰："无多疑虑，事不相萦。"遂挈囊逾垣而去，身如飞鸟。立开门出送，则已不及矣。方徘徊于庭，遽闻却至。立迎门接俟，曰："更乳婴儿，以毕离恨。"就抚子，俄而复去，挥手而已。立回灯褰帐，小儿身首已离矣。立惶骇，达旦不寐。则以财帛买仆，乘游抵近邑,以伺其事。久之,竟无所闻。某年,立得官。

即货鬻所居归任。尔后,终莫知其音问也。

虬须叟

吕用之在维扬，日佐渤海王擅政害人。中和四年秋，有商人刘损，挈家乘巨船，自江夏至扬州。用之凡遇公私来，悉令侦觇行止。刘妻裴氏有国色，用之以阴事下刘狱，纳裴氏。刘献金百两免罪，虽脱非横，然亦愤惋，因成诗三首，曰："宝钗分股合无缘，鱼在深渊鹤在天。得意紫鸾休舞镜，断踪青鸟罢衔笺。金杯已覆难收水，玉轸长抛懒续弦。从此蘼芜山下过，遥将红泪洒穷泉。"

其二："鸾飞远树栖何处，凤得新梧想称心。红粉尚存香幕幕，白云初散信沉沉。情知点污投泥玉，犹是经营买笑金。愿作山头似人石，丈夫衣上泪痕深。"

其三："旧尝游处偏寻看，虽是生离死一般。买笑楼前花已谢，画眉窗下月空残。云归巫峡音容断，路隔星河去住难。莫道诗成无泪下，尽倾东海也应干。"诗成吟咏不辍。

因一日晚凭水窗，见河街上一虬须老叟，行步迅速，骨貌昂藏，眸光射人，彩色晶莹，如曳冰雪。跳上船来，揖损曰："子衷心有何不平之事，抱郁塞之气？"损具对之。客曰："只今便为取贤阃及宝货回。即发，不可便停于此也！"

损察其意，必侠士也，再拜而启曰："长者能报人间不平，何不去蔓除根，岂更容奸党？"叟曰："吕用之屠割生民，夺君爱室，若令诛殛，固不为难。实愆过已盈，神人共怒，只候冥灵聚录，方合身首支离，不唯难及一身，须殃连七祖。且为君取其妻室，未敢逾越神明。"乃入吕用之家，化形于斗拱上，叱曰："吕用之背违君亲，时行妖孽，以苛虐为志，以淫乱律身。仍于喘息之间,更慕神仙之事。冥官方录其过,上帝即议行刑。吾今录尔形骸,但先罪以所取刘氏之妻并其宝货速还前人。倘更悦色贪金,必见头随刀落!”言讫,铿然不见所适。用之惊惧,遽起焚香再拜,夜遣干事并赍金及裴氏还刘损。损不待明,促舟子解维,虬须亦无迹矣。

韦洵美

书洵美先辈，开平岁及第，受邺都从事辟焉。及挈所宠素娥行。罗绍威闻其姝丽才藻，使赍二百匹及生饩而露意焉。洵美无所容足，遂令妆束更衣，修缄献之。素娥姓崔氏，亦大梁良家子，善谐谑。

洵美乃不受辟，夜渡河，宿一寺，长吁而寝，曰："何处人能报不平事！"寺有行者，排闼而揖曰："先辈蓄何不平事？"洵美具语之。欻然出门而去。至三更，忽掷一皮囊入门，乃贮素娥而至。

侵晓，问寺僧，言在寺打钟勤苦三十年，已不知所之。洵美即遁迹他所。

李 胜

书生李胜,尝游洪州西山中,与处士卢齐及同人五六辈雪夜共饮。座中一人偶言:“雪势如此,固不可出门也。”胜曰:“欲何之? 吾能往。”人因曰:“吾有书籍在星子,君能为我取乎?”胜曰:“可。”乃出门去,饮未散,携书而至。星子至西山凡三百余里也。

游帷观中,道士尝不礼于胜。胜曰:“吾不能杀之,聊使其惧。”一日,道士闭户寝于室,胜令童子叩户,取李处士匕首。道士起,见所卧枕前插一匕首,劲势犹动,自是改心礼胜。

乖崖剑术

祝舜俞察院言:其伯祖隐居君,与张乖崖公居处相近,交游最密。公集首编《寄祝》《隐居》二诗,是也。隐居东垣有枣,合拱矣,挺直可爱。张忽指枣谓隐居曰:"子丐我,勿惜也!"隐居许之。徐探手袖间,飞一短剑,约平人肩,断枣为二。隐居惊愕,问之。曰:"我往受此术于陈希夷,而未尝为人言也。"

又一日,自濮水还家。平野间遇见一举子,乘驴径前,意甚轻扬,心忽生怒。未至百步,而举子驴避道。张因就揖,询其姓氏,盖王元之也。问其引避之由,曰:"我视君昂然飞步,神韵轻举,知必非常人,故愿加礼焉。"张亦语之曰:"我初视子轻扬之意,忿起于中,实将不利于君。今当回宿村舍,取酒尽怀。"遂握手俱行,共语通夕,结交而去。

中国古代剑侠图传·卷四

秀州刺客

苗、刘之乱,张魏公在秀州,议举勤王之师。一夕独坐,从者皆寝。忽一人持刀立烛后。公知为刺客,徐问曰:“岂非苗傅、刘正彦遣汝来杀我乎?”曰:“然。”公曰:“若是,则取吾首以去可也。”曰:“我亦知书,岂肯为贼用?况公忠义如此,何忍害公,恐防闲不严,有继至者,故来相告耳。”

公问:“欲金帛乎?”笑曰:“杀公何患无财?”“然则留事我乎?”曰:“有老母在河北,未可留也。”问其姓名,俯而不答,蹑衣跃而登屋,屋瓦无声,时方月明,去如飞。

张训妻

张训者,吴太祖之将校也,吴时人谓之大口张。吴太祖在宣州,尝给诸将铠甲。训得故弊,不如意形于颜色。其妻谓之曰:“此不足介意,但司徒不知,苟知之,必不尔。”明日吴公谓张曰:“尔所得甲如何?”张以告公,乃易之。后吴公移广陵,尝赐诸将马。训所得复驽弱,形不满意。妻复言如前。明日,吴公又问之,训以为言。吴公曰:“尔家事神耶?”训曰:“无之。”公曰:“吾顷在宣州,尝赐诸将甲,是夜梦一妇人,衣真珠衣,告予曰:公尝赐张训甲甚弊,当为易之。今赐诸将马,复梦前珠衣妇人告予曰:张马非良马也。其故何哉?”训亦莫之测也。

训妻有衣箱,常自启闭,未尝见之。一日,妻出,训窃启之,果见珠衣一袭。及妻归,谓训曰:“君开吾衣箱耶?”初,其妻每食,必待其夫。一日训归,妻已先食,谓训曰:“今日以食味异常,不待君先食矣。”训入厨,见甑中蒸一人头。训心恶,阴欲杀之。妻谓曰:“君欲负我耶!然君方为数郡刺史,我不能杀君。”因指一婢曰:“杀我必先杀此,不尔,君必不免。”训遂杀妻及其婢,后果为刺史。

潘扆

潘扆常游江淮间，自称野客，落托有大志。郑匡国为海州刺史，扆往谒之。匡国不甚礼遇，馆于外厩。

一日从匡国猎，匡国之妻因诣厩中，觇扆栖泊之所，弊榻莞席竹笼而已。笼中有锡弹丸二颗，余无所有。

扆还，发笼视之，大惊曰："定为妇人所触！幸吾摄其光芒，不尔，断妇人颈矣！"

圉人异之，闻于匡国。匡国密召扆，问曰："先生其有剑术乎？"扆曰："素所习也。"匡国曰："可一观乎？"扆曰："可。当斋戒三日，趋近郊平旷之地，请试之。"匡国如期召扆，俱至东城。扆自怀中出二锡丸，置掌中。俄有气二条，如白虹微出指端，须臾旋转，绕匡国颈，其势奔掣，其声铮鈚。匡国据鞍危坐，神魄俱丧，谢曰："先生神术，固已知之，幸收其威灵。"扆笑举一手，二白气复贯掌中。少顷，复为二锡丸。匡国自此礼遇愈厚，表荐于烈祖。

洪州书生

成幼文，为洪州录事参军。所居临通衢而有窗。一日坐窗下，时雨过泥泞而微有路，见一小儿卖鞋，状甚贫窭。有一恶少年与儿相遇，挡鞋堕泥中。小儿哭求其价。少年叱之不与。儿曰："吾家日夕无食，卖鞋营具，今悉为所污！"有书生过，悯之，偿其直。少年愧怒，骂曰："儿就我求钱，汝何预焉！"生甚有愠色。成嘉其义，召之，与语，大奇之，因留宿夜共话。成暂入内，复出，则失书生矣。外户皆闭，求之不得。

少顷，复至前曰："旦来恶子，吾不能容，已断其首。"乃掷于地。成惊曰："此人诚忤君子，然断人首，流血在地，岂不见累乎？"书生曰："无苦。"乃出少药傅头上，捽其发沥之，皆化为水。因谓成曰："无可奉报，愿以授君。"成曰："某非方外之士，不敢领。"书生长揖便去。重门锁闭，竟不知所之。

义 侠

顷有士人为畿尉，常在贼曹。有一贼系械，狱未具。尉独坐厅上，贼乘间告曰："某非盗，公若脱，奉报有日。"尉视其貌，且异其言，意已许之，佯若不知，夜呼狱吏放之，仍令吏逃窜。及明，狱中失囚，狱吏又走，府司谴罚而已。

后，官满数年，客游至一县。闻县宰与放囚姓名同。往谒之，果放囚也。因留中厅，对榻而寝，欢洽，旬日不入宅。

一日归，其妻问曰："公有何客，十日不入内耶？"宰曰："某得此人大恩，性命所保，至今未能报之。"妻曰："公不闻大恩不报，何不看时为机？"宰不语，久之，乃曰："卿言良是。"尉偶厕中，闻其言，急呼童仆，乘马便走，衣装悉不暇取。至夜，已行五六十里，出县界，止宿村居。仆人怪其奔走，乃问其故。尉歇定，乃言此宰负恩之状，言讫吁嗟，仆人亦泣下。

忽见一人从床下持匕首出立，尉众悉惊倒。其人曰："我义士也。宰使我来取君首。适闻说，方知此宰负恩，不然，枉杀义士也！不舍此人矣！公且勿睡，当取宰头，以雪其冤。"尉心惧，愧谢而已。其人捧剑，出门如飞。二更已返，呼曰："贼首至矣！"命火观之，乃宰头也。揖别，不知所往。

任 愿

任愿，字谨叔，京师宦家子也。稍学书艺，家粗绍祖业，无他图，但闭户而已。

熙宁二年正月上元昼，游街时，车骑骈溢，士女和会。愿醉仆，触良人家从姬，殴击交至。殴既久，观者环绕。有青巾忽不平，俄殴其人仆地，乃引愿而去。愿曰："与君旧无分，极蒙荷见救！"青巾者不顾而去。

异日。愿又遇青巾者在途中。召之饮，乃同入市邸。既坐，熟视目耸神峻，毅然可畏。饮甚久，愿谢曰："前日见辱于佣人，非豪义之士，则孰肯援哉！"青巾曰："此乃小故，胡足多谢？后日复期子于此，无前却也。"乃各归。

愿及期而往，青巾者亦先至矣。共入酒肆。酒十余举，青巾者曰："吾乃刺客也。有至冤，衔之数年，今始少伸。"乃于跨间取乌革囊，中出死人首，以刀截为半，以半授愿。愿惊恐，莫知所措。青巾者食其肉无孑遗，让愿，愿辞不食。青巾者笑，探手取愿盘中者，又食之。取脑骨，以短刀削之，如劈朽木，弃之于地。复云："吾有术授子，能学之乎？"愿曰："何术也？"曰："吾能用点铁为金。"愿曰："旗亭门有先子别业，日得一缗，数口之家，寒绵暑葛，日食膏鲜。自谓逾分，常恐召祸，安取学此？幸爱之。"青巾者叹伏，曰："如子，真知命者也！子当有寿。"乃出药一粒，云："服之，百鬼不近。"愿以酒服之。夜深乃散。后不复见焉。

花月新闻

淄川姜廉夫祖寺丞，未第时，肄业乡校。尝与同舍生出游，入神祠，睹捧印女子塑容端丽，有惑志焉。戏解手帕，系其臂为定。方归，即被疾。

同舍谓其获罪于神，使备牲酒往谢。于是力疾以行。奠享礼毕，诸生先还。姜在后，失道，恍惚见白气亘空。正当马首。天将晓，始抵家。妻孥相视，问讯劳苦。方就枕，忽闻外间呵殿声，一女子绝色，自舆出，上堂拜姜母启焉："妾与郎君有嘉约，愿得一见。"姜闻，欣然而起。姜妻引避。女请曰："吾久弃人间事，不可以我故，间汝夫妇之情。"妻亦相抚接，权如姊妹。女事姑甚谨。

值端午节，一夕制彩丝百副，尽饷族党，其人物、花草、字画点缀，历历可数。自是皆以仙姑称之。

居无何，与姑言："新妇有大厄，乞暂适他所避之。"再拜而出门，遂不见。姜尽室惊忧。顷之，一道士来，问姜曰："君面不祥，奇祸将至，何为而然？"姜具以曲折告之。道士令于净室设榻。明日复来，使姜径就榻坚卧，戒家人须正午乃启门。久之，寒气逼人，刀剑击戛之声不绝，忽若一物坠榻下。日午启门，道士已至，姜出迎。笑曰："亡虑矣！"令视坠物，乃一髑髅，如五斗大。出箧中刀圭药渗之，悉化为水。姜问其怪。道士曰："吾与此女皆剑仙，先与一人绸缪，遽舍而从汝，以故怀忿，欲杀汝二人。吾亦相与有宿契，特出力救汝。今事幸获济，吾去矣！"才去，女即来，同室如初。罹姜母之丧，哀哭呕血。姜妻继亡，抚育其子如己出。靖康之变后，不知所终。

侠妇人

董国度，字元卿，饶州人。宣和六年进士第，调莱州胶水簿。会北兵动，留家于乡，独处官所。中原陷，不得归，弃官走村落，颇与逆旅主人相得。怜其穷，为买一妾，不知何许人也，性慧解，有姿色。见董贫，则以治生为己任，罄家所有，买磨驴七八头，麦数十斛。每得面，自骑入市鬻之，至晚负钱以归。如是三年，获利益多，有田宅矣。

董与母妻隔别滋久，消息杳不通，居常戚戚，意绪无聊。妾叩其故。董嬖爱已深，不复隐，为言："我故南官也，一家皆在乡里，身独漂泊，茫无归期。每一想念，心乱欲死。"妾曰："如是，何不早告我？我兄善为人谋事，旦夕且至，请为君筹之。"

旬日，果有客，长身虬髯，骑大马，驱车十余乘过门。妾曰："吾兄至矣！"出迎拜，使董相见，叙　姻戚之礼。留饮至夜，妾始言前事以属客。

是时，虏令：凡宋官亡命，许自陈匿；不言而被首者，死。董业已泄漏，又疑两人欲图己，大悔惧，乃绐曰："无之。"客愤然怒且笑曰："以女弟托质数年，相与如骨肉，故冒禁欲致君南归，而见疑如此！倘中道有变，且累我！当取君告身与我以为信，不然，天明执告官矣！"董益惧，自分必死，探囊中文书悉与之。终夕涕泣，一听于客。

客去，明日控一马来，曰："行矣！"董请妾与俱。妾曰："适有故，须少留。明年当相寻。吾手制一纳袍赠君，君谨服之，唯吾兄马首所向。若返国，兄或举数十万钱相赠，当勿取。如不可却，则举袍示之。彼尝受我恩，今送君归，未足以报德，当复护我去。万一受其献，则彼责已塞，无复顾我矣！善守此袍，亡失也！”

董愕然，怪其语不伦，且虑邻里知觉，辄挥涕上马，疾驰到海上。有大舟，临解维，客麾使登，揖而别。舟遽南行，略无资粮道路之费，茫不知所为。舟中奉侍甚谨，具食不相问讯。才达南岸，客已先在水滨，邀诣旗亭，相劳苦，出黄金二十两，曰：“以是为太夫人寿。”董忆妾语，力辞之。客不可，曰：“赤手还国，欲与妻子饿死耶？”强留金而出。董追挽之，示以袍。客曰：“吾智果出彼下。吾事殊未了，明年挈君丽人来！”径去，不返顾。

董至家，母妻二子俱无恙。取袍示家人，缝绽处黄色隐然，拆视之，满中皆箔金也。逾年，客果以妾至，偕老焉。

解洵娶妇

解潜与其弟洵，素相友爱。建炎、靖康之际，潜积军功，帅湖南。洵独陷北境。其妻归母家，又为溃兵所掠。数年后，洵间关得归。见潜，相持悲恸。潜置酒劳苦，而语之曰："吾弟虽不幸流落，而兄幸蒙国恩，握兵权。每与虏及群盗战，奏功于朝，必为弟窜名籍中，已至正使，告命皆在此。"

即畀之。洵再拜谢过望，因言："顷自汴都过河朔，孤单羁困，或见怜，为娶妇，奁装丰厚，不暇深详其出处。正无以为活，殊用自慰。偶以重阳日把盏，起故妻之思，不觉堕泪。妇恻然曰：'君岂非欲本朝乎？兹事易办也。'经旬日来告曰：'川陆之计已具，唯命是从。我亦俱行。倘君夫人固存，自当家嫁而分囊橐之半；万一捐馆，当为偕老。'遂登途，水宿山行，防闲营护，皆此妇力也。今在舟中，未敢辄参谒。"潜嗟异，遽命车招迎。见其眉宇秀整，言词明慧，益加敬重。

时荆楚为盗区，潜屯枝山县。以天气向暑，别创一庐，令洵居止，且赠以四妾。洵意妇不相容，欲辞之。妇曰："正需也。得之。诚大幸，当儿女抚之，何辞然！"

洵武夫壮年，稍移爱，妇怏怏见辞色。一日，因酒间责洵曰："汝不记昔年乞食赵魏时事乎？非我力，已为饿殍矣。一旦得志，便尔忘恩，独不内愧于心耶！"洵方被酒，忽发怒，连奋拳殴其胸。妇嘻不动。又唾骂之，至诋为老死魅。妇幡然起，灯烛陡暗，冷风袭人有声。四妾怖而仆。少焉，灯复明，洵已横尸地上，丧其首。妇人并囊橐皆不见。从卒走报潜，使壮勇三千人出追捕，亡所获。

郭伦观灯

京师人郭伦，元夕携家观灯。归差晚，过委巷，值恶少年十辈行歌而前，联袂喧笑，睢盱窥伺，将遮侮之。伦度力不能胜，窘甚。忽有青衣角巾道人来，责众曰：“彼家眷夜归，若辈哪得无礼！”众怒曰：“我辈作戏，何预尔狂道事！”哄起攻之，妇女得乘间引去，伦独留。道人勃然曰：“果欲肆狂暴耶？吾今治汝矣！”挥臂纵击，如抟婴儿，顷之，皆颠仆哀叫，相率而遁。

道人徐徐行，伦追及，拜谢曰：“与先生素昧平生，忽蒙救获，脱妻子于危难，先生异人乎？念无以报德，敢问何所欲？”曰：“吾本无心，偶见不平事，义不容已。吾于世了亡所欲，岂望报哉！能一醉足矣！”伦喜邀至家，痛饮。辞去。曰：“先生何之？”曰：“吾乃剑侠，非世人也。”掷杯长揖，出门数步，耳中铿然有声，一剑跃出坠地，蹑之腾空而去。

续中国古代剑侠图传·卷一

李鉴夫

李鉴夫，不知何许人。宋太平兴国初，来游蓬池，居开元精舍。都寺未之奇也。一日，偶窥先生剑出眉间，烁烁如电，先生弹其铗，且歌且舞，已复纳于眉间。都寺大骇，始厚礼之。俄醉踣于路以卒。瘗之未几，或见于傍郡。归告与先生雅游者，发其瘗，失所在。(《真仙通鉴》)

青丘子

青丘子者，不知何许人也。隐于武当山，游行天下已久，见者终莫测其年代。嘉靖间，有丹溪生，姓王名生，好寻名山，博采方术。有高蹈遐举之想。

偶因秋晴，游踪误入深山，见林壑幽秀，不觉爱玩忘归，遂穷其迹。践丹危，履翠险，或下或高，且数十里。隐映若有洞门在断崖绝涧中，水流花开，风气似春，似非人迹所至。徘徊良久，忽闻洞中酣睡之声，披榛窃视，一白髯老父枕石面卧，鼻息如雷，状貌奇古，而衣冠杖履瓢囊并仙家装束。生察其非凡也，屏息竦立，伺其寤，急趋下拜。

老父惊问得入之由，其告所以。赐胡麻饭与之食，谓曰："世人不信神仙，汝能冒险至此，真可教矣。然儿之先不闻有七世祖王重阳者乎？"生曰："父母早丧，亲族凋残，莫知祖先踪迹矣。"老父曰："吾即王重阳哲也。儿好道，以明年八月十五为期，待我西蜀琵琶峰下，今日方与南宫列真期会此境，骑卫须臾即来，汝乃凡夫，秽浊末除，必遭仙谴，可速寻归路，迟则虎狼立至矣。"

生便叩谢而出，踉跄下山。微闻箫管嘹亮云端，疑是群仙赴会洞中，奔驰不及，逾五日始得达家。诘之于人，其先代果有重阳尊师，道成仙去，生则其云孙也。生自饭洞中胡麻，腹常不饥，颜色益少。转盼间，明年中秋近矣，遂束装渡江。

然不悉琵琶峰在蜀中何地，忧惶靡宁，莫知所届。一日，忽闻舟中同伴朗吟七言诗，诗中却有此峰名在，亟问其处。吟者曰："此即巫山十二峰之一也。"生喜不自胜，旅怀顿放。有顷，舟过巫山下，因告舟人，脱帆登岸，与同伴谢别而去，求寻其峰，积日始到。至中秋前一日晚，露宿峰头，以候仙驾。

迟明，望见凌空跨鹤而来者，白髯老父也，就地瞻仰作礼。父见生先在，笑曰："此儿大佳，真有心之士哉！但汝骨骼未就，因缘尚隔一尘，今生止可学剑仙之术，游戏人间。吾非汝师，汝师是青丘子，见住武当山中，却归往寻，必得其真传矣。"

生临别拜辞曰："不审青丘先生居于武当何峰？"老父曰："六株松下一茅庵，即其居也。"乃辞别出山，附舟入楚，才经信宿，已达江陵。寻复抵于襄阳之武当山下，负囊独上，缘磴跻攀，日向晚矣，忽见岩前苍松六株，果有茅屋数间在焉。烟萝四合，仄径微通，叩门良久，始遇童子出而延入。仰视青丘先生，秀发庞眉，倚树而啸，谓曰："尔祖王重阳使汝来也？"拜罢，辄遣沐浴，毕，令住庵后净室中给使。

室中有药鼎，高数尺，周遭封固，紫焰光腾，照耀林壑，第教生以守炉看火，添缩薪炭，不得擅离妄视而已。每昼则有玉女持稠膏一筒，投鼎中，搅和之，鼎中声类霹雳。夜半则有青童复持稠膏，依前沃入，其声澌涛如旧。此室之中，玉女二人，青童二人，更番直应，日以为常。生偶问及鼎中何物，皆笑而不对。先生已具知之，愠怒诟责，便欲驱逐出门，众相跪请乃止，后遂不敢发问。

久之，丹鼎成矣，出其金液，计可六百余斤，分而为二，又折之至七八斤而止。移置大磐石上，捣之，昼作夜息，渐渐而薄，因成铁片。择甲午、丙午诸日，铸成六剑，悬于绝壁之下，以飞瀑溅激其上，日月之光华烛之，历经旬朔，剑质始柔。此六剑各有名目，先生举其一畀生，令童子开其脑后臂间藏之，亦亡所苦。却令斋心七日，尽传击刺之秘，命生往青城山中，结茅栖止，诫无妄用其剑，第一不得做世间非为事，自奸天诛。又以其四分授二青童、二玉女，其一自佩。于是使生下山。生住青城山，一年后复来，至则室庐如故，扃户无人。问山中道士，道士曰："青丘先生去且一年矣。"生恸哭而还。忽于荆南道上见先生溷迹丐者之中，乃相随同去，不知所之。世传《丹溪生铸剑经》，仅二十五纸，是青丘所传古本。有人曾见此书。(《猞园》)

顶缸和尚

顶缸和尚，名真颠，不知何许人也。善击剑，得分身隐形之术。或云僧侠，或云剑仙。昔年云游过山阴县，闻祝秀才良柱好道，喜延方外士，留止其家一月。出入往来，变幻莫测。日啖牛肉数斤及酒面亡算。头上常戴五斗缸，且行且走，折旋如蚁，观者无不异之。每当月明之夜，巢于树巅，做曼声长啸。尤善超越，攀垣直上，捷若猿猱。然多坐卧于壁上，与人行，忽不见，已复在旁，人莫测其处也。临去前一夕，命置酒，酒至，连举数大白，谓祝生曰："吾为若设戏，若为我秉烛。"生素有胆气，便携烛立屏风下。忽见杖头一掣，划然声裂，有白气长数十丈，状如素霓，环绕其身，左盘右旋，蓬转数回，但睹衣色成规，倏忽失处。时门户皆镭，求之不得矣。少顷，则依然坐于堂上焉。五更酒尽，明月西行，竟不知其所之。(《猃园》)

李福达

嘉靖初，有李福达者，扶沟县人也。故为千侯，能分身散影，役使山魈，坐致行厨，兴云腾雨，飞沙走石，奇幻之事，不可胜纪，世莫知其授也。一日过太湖，蛟挟其舟，风涛大作。李怒，飞剑斩蛟。少顷，见一蛟浮出，湖水尽赤，李命庖人取蛟鲷之。(《狯园》)

门 客

一门客游大老家，久而无所事事。一日，方群相宴坐，大老曰："客何好？"曰："客无好也。"曰："客何能？"曰："客无能也。"举座皆笑。客曰："亦有微长，能箍桶。"大老曰："请面试之。"命放一铁箍旧桶，去席五尺许，取竹于座上，编成圈，随手掷之，其箍已将桶腰收密，而旧铁箍落矣。再做一圈，复如前掷之，恰箍桶底，而底旧铁箍又落矣。大老惊曰："神技也！客必有他能，愿赐观之，勿秘。"客笑曰："弹雀可乎？"腰出小刀二寸许，向檐间掷飞雀，腰截落地，而小刀依然在手。连掷四五雀，皆然。徐收绕于指，若一环状，而后藏之。大老骇甚，知其剑侠也，厚赠而遣之。(《柳轩丛谈》)

大铁椎传

大铁椎，不知何许人。北平陈子灿省兄河南，与遇宋将军家。宋，怀庆青华镇人，工技击，七省好事者皆来学，人以其雄健，呼宋将军云。宋弟子高信之，亦怀庆人，多力善射，长子灿七岁，少同学，故尝与过宋将军。

时座上有健啖客，貌甚寝，右胁夹大铁椎，重四五十斤，饮食拱揖不暂去，柄铁折叠环复，如锁上链，引之长丈许。与人罕言语，语类楚声。扣其乡及姓字，皆不答。

既同寝，夜半，客曰："吾去矣。"言讫不见。子灿见窗户皆闭，惊问信之。信之曰："客初至，不冠不袜，以蓝手巾裹头，足缠白布，大铁椎外，一物无所持，而腰多白金。吾与将军俱不敢问也。"子灿寐而醒，客则鼾睡炕上矣。

一日，辞宋将军曰："吾始闻汝名，以为豪，然皆不足用。吾去矣。"将军强留之，乃曰："吾尝夺取诸饷马物，不顺者辄击杀之，众魁请长其群，吾又不许，是以仇我。久居此，祸必及汝。今夜半，方期我决斗某所。"宋将军欣然曰："吾骑马挟矢以助战。"客曰："止。贼能且众，吾欲护汝，则不快我意。"宋将军故自负，且欲观客所为。力请客，客不得已，与偕行。将至斗处，送将军登空堡上，曰："但观之，慎勿声，令贼知汝也。"

时鸡鸣月落，星光照旷野，百步见人。客驰下，吹觱篥数声。顷之，贼二十余骑四面集，步行负弓矢，从者百许人。一贼提刀纵马奔客，曰："奈何杀我兄！"言未毕，客呼曰："椎！"贼应声落马，马首尽裂。众贼环而进，客从容挥椎，人马四面仆地，杀三十许人。宋将军屏息观之，股栗欲堕。忽闻客大呼曰："吾云矣！"地尘且起，黑烟滚滚，东向驰去。后遂不复至。

魏禧论曰：子房得沧海君力士，椎秦皇帝博浪沙中，大铁椎其人与？天生异人，必有所用之。予读陈同甫《中兴遗传》，豪俊侠烈魁奇之士，泯泯然不见功名于世者，又何多也！岂天之生才不必为人用与？抑用之自有时与？子灿遇大铁椎为壬寅岁，视其貌，当年三十，然则大铁椎今四十耳。子灿又尝见其写市物帖子，甚工楷书也。（《魏叔子文集》）

高髻女尼

新城令崔懋，以康熙戊辰往济南。至章丘西之新店，遇一妇人，可三十余，高髻如宫妆，髻上加毡笠，锦衣弓鞋，结束为急装，腰剑，骑黑卫，极神骏。妇人神采四射，其行甚驶。试问何人，漫应曰："不知何许人。""将往何处？"又漫应曰："去处去。"

顷刻东逝，疾若飞隼。崔云："惜赴郡匆匆，未暇蹑其踪迹，疑剑侠也。"

从侄鹓因述莱阳王生言：顺治初，其县役某，解官银数千两赴济南，以木夹函之。晚将宿逆旅，主人辞焉，且言镇西北里许有尼庵，凡有行橐者皆往投宿。因导之往。方入旅店时，门外有男子著红帩头，状貌甚狞。至尼庵，入门，有厢三间，东向，床榻甚设。北为观音大士殿，殿侧有小门，扃焉。叩门久之，有老妪出应。告以故，妪云："但宿西厢，无妨。"

久之，持砞封镉山门而入。役相戒勿寝，明灯烛、手弓刀以待曙。至三更，大风骤作，山门砉然而辟。方愕然相顾，倏闻呼门声甚厉。众急持械谋拒之。厢门已启，视之，即红帩头人也，徒手握束香掷地，众皆仆。比天晓，始甦，银已亡矣。急往市询逆旅主人，主人曰："此人时游市上，无敢谁何者，唯投尼庵客，辄无恙，今当往愬耳。然尼异人，须吾自往求之。"至则妪出问故，曰："非为夜失官银事耶？"曰："然。"

入白。顷之，尼出，妪挟蒲团敷坐，逆旅主人跪白前事。尼笑曰："此奴敢来此作狡狯，罪合死，我当为一决。"顾妪入，牵一黑卫出，取剑臂之，跨卫向南山径去，其行如飞，倏忽不见。

市人集观者数百人。移时，尼徒步手人头驱卫返，驴背负木夹函数千金，殊无所苦。入门呼役曰："来！视汝木夹，官封如故乎？"验之良是。掷人头地上曰："视此贼不错杀却否？"

众聚观，果红帩头人也，罗拜谢去。比东归，再往访之，庵已空无人矣。

尼高髻盛妆，衣锦绮，行缠罗袜，年十八九好女子也。市人云：尼三四年前，挟妪俱来，不知何许人。常有恶少夜入其室，腰斩掷垣外，自是无敢犯者。（《渔洋文略》）

伟男子

某中丞巡抚上江，一日，遣吏赍金数千赴京师，途宿古庙中，扃鐍甚固，晨起，已失金所在，而门钥宛然。怪之，归以告中丞。中丞怒，亟责偿。官吏告曰："偿固不敢辞，但事甚疑怪，请予假一月往踪迹之，愿以妻子为质。"中丞许之。

比至失金处，询访久之，无所见。将归矣，忽于市中遇瞽叟，胸悬一牌云："善决大疑。"漫问之，叟忽曰："君失金多少？"曰："若干。"叟曰："我稍知踪迹，可觅露车乘我，君第随往，冀可得也。"如其言。

初行一日，有人烟村落。次日，入深山，行不知几百里，无复村堡。至三日，逾亭午，抵一人市镇。叟曰："至矣，君但入，当自得消息。"不得已，第从其言。

比入市，则肩摩毂击，万瓦鳞次。忽一人来问曰："君非此间人，奚至此？"告以故，与俱至市口觅瞽叟，已失所在。乃与曲折行数街，抵一大宅，如王公之居。历阶及堂，寂无人，戒令少待。顷之，传呼令入。至后堂中，唯设一榻，有伟男子科跣坐其上，发长及骭，童子数人，执扇拂左右侍。拜跪讫，男子询来意，具以对。男子颐指，语童子曰："可将来。"即有少年数辈，扛金至，封识宛然。曰："宁欲得金乎？"吏叩头曰："幸甚，不敢请再。"男子曰："乍来此，且好将息。"即有人引至一院，扃门而去。馈之食，极丰腴。

是夜，月明如昼。启后户视之，见粉壁上累累有物。审视之，皆人耳鼻也。大惊，然无隙可逸去，彷徨达晓。前人忽来传呼，复至后堂。男子科跣坐如初，谓曰："金不可得矣，然当予子一纸。"辄据案作书,掷之挥出。前人复导至市口,惝恍疑梦中,急觅路归。

见中丞,历述前事。叱其妄。出书呈之。中丞启缄,忽色变而入。移时,传令吏归舍,释妻子,豁其赔偿。吏大喜过望。久之,乃知书中大略斥中丞贪纵,谓勿责吏偿金,否则某月日夫人夜三更睡觉发截三寸,宁忘之乎!问之夫人,良然。始知其剑侠也。(《渔洋文略》)

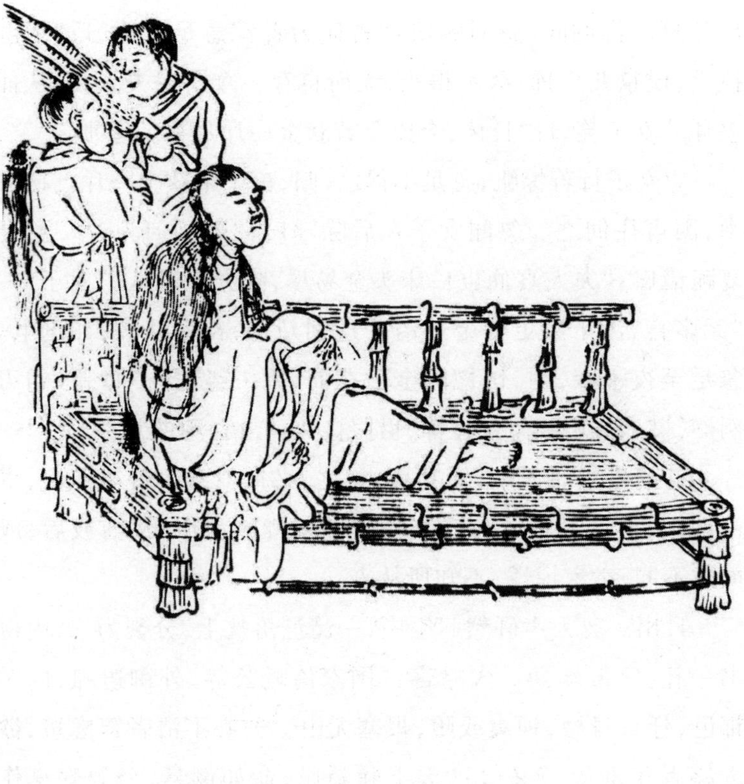

琵琶瞽女

金陵卜者，好女子也，双目瞽，挟琵琶漫游遍宇内。然其行无侍卫，止宿亦无常所。

一日吴江急足某者遇诸涂，时积雨乍晴，潦水没踝，行人艰危，独见女子飞浮水面。衣袖皆无沾渍。急足大惊，阴尾之，出郊野。徘徊间，忽回顾曰："若何为者？"急足跪请曰："下邑执役，俟京兆指挥，久不得当，无所自存。今幸遇夫人，愿从仙去耳。"女子笑曰："且休，今夜令若获金一斤足矣。"遂别。

望女子行若惊帆，急足不得已，归，夜中果获金一斤。窃自幸，因再往伺之。忽闻女子在后除呼曰："若又何为者？"急足复跪诸曰："夫人真仙也！床头金易尽，唯夫人是从。"女子曰："无多言，汝于数更得金一镒。"遂别乃行，视前益快，如迅电。急足至夜不寐，明，恍惚间金已在前，果一镒，又一匕首，霜刃冽然，掷地有声。急足惶怖，慑服良久，心悟，不敢复往伺。

有朝贵墨而淫纵，知其事，艳之，必欲罗致。遣卒四出，责治期限，然无见也。忽夜半所居四壁皆琵琶声，或前或后，或闻或不闻，举家惊悸，不知所从来。

日出。忽大声砰然起空中，一琵琶落枕上，分裂为二，内得书一札，字迹端劲。大略言："国家倚毗公等，外御边疆，内循郡邑，任重身微，神爽或堕，报塞无由。夫心不清者智虑短，欲太盛者年寿促。"又曰："天下驿骚民，命如倒悬，公等安享作奸，贪得靡极。妾虽女子，能断公首。"朝贵得书惶悚，不久，竟因他事下狱弃市。淮南有沈隆生者，与女子邂逅丹阳，授以吐纳秘传。顺治年间，人犹侑见之者。(《吴陈琰文集》)

燕赤霞

宁采臣，浙人，性慷慨，廉隅自重，每对人言：“生平无二色。”适赴金华，至北郭，解装兰若。寺中殿塔壮丽，然蓬蒿没人，似绝行踪。东西僧舍，双扉虚掩，唯南一小舍，扃键如新。又顾殿东隅，修竹拱把，下有巨池，野藕已花。意乐其幽杳。会学使按临，城舍价昂，思便留止，遂散步以待僧归。日暮，有士人来，启南扉。宁趋为礼，且告以意。士人曰：“此间无房主，仆亦侨居，能甘荒落，旦晚惠教，幸甚！”宁喜，借藁代床，支板作几，为久客计。是夜，月明高洁，清光似水，二人促膝殿廊，各展姓字。士人自言：“燕姓，字赤霞。”宁疑为赴试诸生，而听其声音，绝不类浙，诘之。自言：“秦人。”语甚朴诚。既而相对词竭，遂拱别归寝。

宁以新居，久不成寐，闻舍北喁喁，如有家口。起伏北壁石窗下，微窥之，见短墙外一小院落，有妇可四十余。又一媪衣黦绯，插蓬沓，鲐背龙钟，偶语月下。妇曰：“小倩何久不来。”媪曰：“殆好至矣。”妇曰：“将无向姥姥有怨言否？”曰：“不闻，但意似蹙蹙。”妇曰：“婢子不宜好相识。”言未已，有一十七八女子来，仿佛艳绝。媪曰：“背地不言人，我两个正谈道，小妖婢悄来无迹响。幸不訾着短处。”又曰：“小娘子端好是画中人，遮莫老身是男子，也被摄魂去。”女曰：“姥姥不相誉，更阿谁道好？”妇人女子又不知何言。宁意其邻人眷口，寝不复听。又许时，始寂无声。方将睡去，觉有人至寝所，急起审顾，则北院女子也。惊问之，女笑曰：“月夜不寐，愿修燕好。”宁正容曰：“卿防物议，我畏人言，略一失足，廉耻道丧。”女曰：“夜无知者。"宁又咄之。女逡巡若复有词。宁叱:"速去!不然,当呼南舍生知!"女惧乃退,至户外复返,以黄金一锭置褥上。宁掇掷庭墀,曰:"非义之物,污我囊橐!"女惭,出拾金自言曰:"此汉当是铁石。"

诘旦,有兰溪生携一仆来候试,寓于东厢,至夜暴亡。足心有小孔如锥刺者,细细有血出,俱莫知故。经宿,一仆死,症亦如之。向晚,燕生归,宁质之,燕以为魅。宁素伉直,颇不在意。宵分,女子复至,谓宁曰:"妾阅人多矣,未有刚肠如君者。君诚圣贤,妾不敢欺。小倩,姓聂氏,十八夭殂,葬寺侧,辄被妖物威胁,役贱务,腼颜向人,实非所乐。今寺中无可杀者,恐当以夜叉来。"宁骇求计,女曰:"与燕生同室可免。"问:"何不惑燕?"女曰:"彼奇人也,不敢近。"问:"迷人若何?"曰:"狎昵我者,隐以锥刺其足,彼即茫若迷,因摄血以供妖饮。又或以金,非金也,乃罗刹鬼骨,留之能截取人心肝。二者,凡以投时好耳。"宁感谢,问戒备之期,答以明宵。临别泣曰:"妾堕孽海,求岸不得。郎君义气干云,必能拔生救苦。倘肯囊妾朽骨,归葬安宅,不啻再造。"宁毅然许之。因问葬处,曰:"但记取白杨之上,有鸟巢者是也。"言已出门,纷然而灭。

明日,恐燕他出,早诣邀致。辰后具酒馔,留意察燕。既约同宿,辞以性癖耽寂。宁不听,强携卧具来。燕不得已,移榻从之,嘱曰:"仆知足下丈夫,倾风良切。要有微衷,难以遽白。幸勿翻窥箧袱,违之,两俱不利。"宁谨受教。既而各寝,燕以箱箧置窗上,就枕移时,齁如雷吼,宁不能寐。近二更许,窗外隐隐有人影,俄而近窗来窥,目光睒闪。宁惧,方欲呼燕,忽有物裂箧而出,耀若匹练,触折窗上石棂,欻然一射,即遽敛入,宛如电灭。燕觉而起,宁伪睡以觇之。燕捧箧捡取一物,对月嗅视，白光晶莹，长可二寸，径韭叶许。已而数重包固，仍置破箧中，自语曰："何物老魅，直尔大胆，致坏箧子！"遂复卧。宁大奇之，因起问之，且以所见告。燕曰："既相知爱，何敢深隐？我，剑客也，若非石棂，妖当立毙；虽然，亦伤。"问："所缄何物？"曰："剑也，适嗅之有妖气。"宁欲观之，慨出相示，荧荧然一小剑也。于是益厚重燕。明日，视窗外有血迹，遂出寺北，见荒坟累累，果有白杨，鸟巢其巅。迨营谋既就，趣装欲归。燕生设祖帐，情义殷渥，以破革囊赠宁曰："此剑袋也，宝藏可远魑魅。"宁欲从授其术。曰："如君信义刚直，可以为此。然君犹富贵中人，非道中人也。"宁乃托有妹葬此，发掘女骨，敛以衣衾，赁舟而归。

宁斋临野，因营坟葬诸斋外，祭而祝曰："怜卿孤魂。葬近蜗居，歌哭相闻，庶不见陵于雄鬼。一瓯浆水饮，殊不清旨，幸不为嫌。"祝毕而返，后有人呼曰："缓待同行！"回顾，则小倩也。欢喜谢曰："君信义，十死不足以报。请从归，拜识嫜姑，媵御无悔。"审谛之，肌映流霞，足翘细笋，白画端相，娇艳尤绝。遂与俱至斋中，嘱坐少待，先入白母。母愕然。时宁妻久病，母戒毋言，恐所惊骇。言次，女已翩然入，拜伏地下。宁曰："此小倩也。"母惊顾不遑。女谓母曰："儿飘然一身，远父母兄弟，蒙公子露覆，泽被发肤，愿执箕帚，以报高义。"母见其绰约可爱，始敢与言，曰："小娘子惠顾吾儿，老身喜不可已，但生平止此儿，用承祧绪，不敢令有鬼偶。"女曰："儿实无二心。泉下人既不见信于老母，请以兄事，依高堂，奉晨昏，如何？"母怜其诚，允之。即欲拜嫂，母辞以疾，乃止。女即入厨下，代母尸饔。入房穿户，似熟居者。日暮，母畏惧之，辞使归寝，不为设床褥。女窥知母意，即竟去。过斋欲入，却退，徘徊户外，似有所惧。生呼之。女曰:“室中剑气畏人,向道路之不奉见者,良以此故。”宁已悟为革囊,取悬他室。女乃入,就烛下坐。移时,殊不一语。久之,问:“夜读否？妾少诵《楞严经》,今强半遗忘,浼求一卷,夜暇就兄正之。”宁诺。又坐,默然。二更向尽,不言去。宁促之,愀然曰:“异域孤魂,殊怯荒墓。”宁曰:“斋中别无床寝,且兄弟亦宜远嫌。”女起,容颦蹙而欲啼,足恇儴而懒步,从容出门,涉阶而没。宁窃怜之.欲留宿别榻,又惧母嗔。女朝旦朝母,捧匜沃盥,下堂操作,无不曲承母志。黄昏告退,辄过斋头,就烛诵经,觉宁将寝,始惨然去。

先是,宁妻病废,母劬不可堪,自得女,逸甚,心德之,日渐稔,亲爱如己出,竟忘其为鬼,不忍晚令去,留与同卧起。女初来,未尝食饮,半年,渐啜稀饱。母子皆溺爱之,讳言其鬼,人亦不之辨也。无何,宁妻亡,母阴有纳女意,然恐于子不利。女微窥之,乘间告母曰:“居年余,当知儿肝鬲。为不欲祸行人,故从郎君来,区区无他意,止以公子光明磊落,为天人所钦瞩,实欲依赞三数年,借博封诰,以光泉壤。”母亦知其无恶,但惧不能延宗嗣。女曰:“子女唯天所授,郎君注福籍,有亢宗子三,不以妻鬼而遂夺也。”母信之,与子议。宁喜,因列筵告戚党。或请觌新妇,女慨然华妆出,一堂尽眙,反不疑其鬼,疑为仙。由是五党诸内眷,咸执贽以贺,争拜识之。女善画兰梅,辄以尺幅酬答,得者藏什袭,以为荣。

一日,俯颈窗前,怊怅若失。忽问:“革囊何在?”曰:“以卿畏之,故缄置他所。”曰:“妾受生气已久,当不复畏,宜取挂床头。”宁诘其意,曰:“三日来,心怔忡无停息,意金华妖物,恨妾远遁,恐旦晚寻及也。”宁果携革囊来。女反复审视,曰:“此剑仙将盛人头者也。敝败至此,不知杀人几何许!妾今日视之,肌犹栗悚。”乃悬之。次日，又命移悬户上。夜对烛坐，约宁勿寝。欻有一物如飞鸟堕。女惊匿夹幕间。审视之，物如夜叉状，电目血口，睒闪攫拿而前，至门却步，逡巡久之，渐近革囊，以爪摘取，似将爪裂。囊忽格然一响，大可合篑，恍惚有鬼物，突出半身，揪夜叉入，声遂寂然，囊亦顿缩如故。宁骇诧，女亦出，大喜曰：“无恙矣！”共视囊中，清水数斗而已。后数年，宁果登进士，举一男。纳妾后又各生一男，皆仕进有声。(《聊斋志异》)

续中国古代剑侠图传·卷二

侠　女

顾生，金陵人，博于才艺而家綦贫。又以母老，不忍离膝下，唯日为人书画，受贽以自给。行年二十有五，伉俪犹虚。对户旧有空第，适一老妪及少女税居其中，以其家无男子，故未问其谁何。

一日，偶自外入，见女郎自母房中出，年约十八九，秀曼都雅，世罕其匹，见生不甚避，而意凛如也。生入问母。母曰："是对户女郎，就吾乞刀尺，适言其家亦只一母。此母女不是贫家产，问其何为不字，则以母病为辞。明日当往拜其母，便风以意。倘所望不奢，儿可代养其老。"

明日，造其室，其母一聋媪耳。视其室，并无隔宿粮。问所业，则仰女十指。徐以同食之谋试之，媪意似纳而转商其女。女默然，意殊不然。母乃归，详其状而疑曰："女子得非嫌吾贫乎？为人不言亦不笑，艳如桃李而冷如霜雪，奇人也。"母子猜叹而罢。

一日，生坐斋头，有少年来求画，姿容甚美，言颇儇佻。诘其所自，以邻村对。嗣后三两日辄一至，稍稍稔熟，渐以嘲谑。生狎抱之，亦不甚拒，遂私焉。由此往来昵甚。会女郎过，少年目送之，问以为谁，对以邻女。少年曰："艳丽如此，神情一何可畏！"少间生入内，母曰："适女子来乞米，云不举火者经日矣。此女至孝，贫极可悯，宜少周邺之。"生从母言，负斗粟款门而达母意。女受之，亦不申谢。

日尝至生家，见母作衣履，便代缝纫，出入堂中，操作如妇。生益德之，每获馈饵，必分给其母，女亦略不置齿颊。母适疽生阴处，宵旦号啕，女时就榻省视，为之洗疮敷药，日三四作。母意甚不自安，而女不厌其秽。母曰："唉！安得新妇如儿，而奉老身以死也！"言讫悲哽。女慰之曰："郎子大孝，胜我寡妇孤女什百矣！"母曰："床头蹀躞之役，岂孝子所能为者？且身已向暮，旦夕犯雾露，深以祧续为忧耳。"言间生入，母泣曰："亏娘子良多，汝无忘报德。"生伏拜之。女曰："君敬我母，我弗谢也，君何谢焉？"于是益敬爱之。然其举止生硬。毫不可干。

一日，女出门，生目注之，女忽回首，嫣然而笑。生喜出意外，趋而从诸其家，挑之，亦不拒，欣然交欢。已，戒生曰："事可一而不可再。"生不应而归。明日，又约之，女厉色不顾而去。日频来，时相遇，并不假以词色；稍游戏之，则冷语冰人。忽于空处问生："适来少年谁也？"生告之。女曰："彼举止态状，无礼于妾频矣。以君之狎昵，故置之。请便寄语：再复尔，是不欲生也已！"少年至，生以告，且曰："子必慎之，是不可犯。"少年曰："既不可犯，君何犯之？"生白其无。曰："如其无，则猥亵之语，何以达君听哉！"生不能答。少年曰："亦烦寄语：假惺惺勿作态，不然，我将遍播扬。"生甚怒之，情见乎色，少年方去。

一夕独坐，女忽至，笑曰："我与君情缘未断，宁非天数！"生狂喜而抱于怀，欻闻履声籍籍，两人惊起，则少年推扉入矣。生惊问："子胡为者？"笑曰："我来观贞节之人耳。"顾女曰："今不怪人耶？"女眉竖颊红，默不一语，急翻上衣，露一革囊，应手而出，则尺许晶莹匕首也。少年见之，骇而却走。追出户外，四顾渺然，女以匕首望空抛掷，戛然有声，灿若长虹。俄一物堕地作响，生急烛之，则一白狐身首异处矣。大骇。女曰："此君之娈童也。我固恕之，奈渠定不欲生何！”收刃入囊。生拽令入，曰：“适以妖物败意，请俟来宵。”出门径去。

次夕，女果至，遂共绸缪。诘其术，女曰：“此非君所知，宜须慎秘，泄恐不为君福。”又订以嫁娶，曰：“枕席焉，提汲焉，非妇伊何也？业夫妇矣，何必复言嫁娶乎？”生曰：“将勿憎我贫耶？”曰：“君固贫，妾富耶？今宵之聚，正以怜君贫耳。”临别嘱曰：“苟且之行，不可以屡。当来，我自来；不当来，相强无益。”后相值，每欲引与私语，女辄走避。然衣绽炊薪，悉为经理，不啻妇也。

积数月，其母死，生竭力营葬之。女由是独居。生意其孤寂可乱，逾垣入，隔窗频呼，迄不应，视其门，则空室扃焉。窃疑女有他约，夜复往，亦如之。遂留珮玉于窗间而去之。越日，相遇于母所。既出，而女尾其后曰：“君疑妾耶？人各有心，不可以告人。今欲使君无疑，而乌可得？然一事烦急为谋。”问之，曰：“妾体孕已八月矣，恐旦晚临盆。妾身未分明，能为君生之，不能为君育之，可密告老母，觅乳媪伪为讨螟蛉者，勿言妾也。”生诺以告母，母笑曰：“异哉！此女聘之不可，而顾私于我儿。”喜从其谋以待之。

又月余，女数日不出。母疑之，往探其门，萧萧闭寂。叩良久，女始蓬头垢面，自内出，启而入之，则复阖之。入其室，则呱呱者在床上矣。母惊问：“诞几时矣？”答云：“三日。”捉绷席而视之，男也，且丰颐而广额，喜曰：“儿已为老身育孙矣。伶仃一身，将焉所托？”女曰：“区区隐衷，不敢掬示老母。俟夜无人，可即抱儿去。”母归与子言，窃共异之。夜往抱子归。

更数夕，夜将半，女忽款门入，手提革囊，笑曰：“大事已了，请从此别。”急询其故，曰：“养母之德，刻刻不去于怀。向云可一而不可再者，以相报不在床笫也，为君贫不能婚，将为延一线之续。本期一索而得，不图信水复来，遂至破戒而再。今君德既酬，妾志已遂，无憾矣！”问囊中何物，曰：“仇人头耳。”检而窥之，须发交而血模糊也。骇绝，复致研诘。曰：“向不与君言者，以机事不密，惧有宣泄。今事已成，不妨相告。妾浙人，父官司马，陷于仇，被籍吾家。妾负老母也，隐姓名埋头项，已三年矣。所以不即报者，徒以老母在。母去，一块肉又累腹中，因而迟之又久。曩夜出，非他，道路门户未稔，恐有讹误耳。”言已出门，又嘱曰：“新生儿善视之。君福薄无寿，此儿可光门闾。夜深不得惊老母，我去矣！”

方凄然欲询所之，女一闪如电，瞥尔间遂不复见。生叹惋木立，若丧魂魄。明日告母，相为嗟异而已。后三年，生果卒。子十八举进士，犹奉祖母以终老云。（《聊斋志异》）

佟 客

董生，徐州人，好击剑，每慷慨自负。偶在途中遇一客，跨蹇同行，与之语，谈吐豪迈。诘其姓字，云辽阳佟姓。问何往，曰："余出门二十年，适自海外归耳。"董曰："君遨游四海，阅人綦多，曾见异人否？"佟问异人何等，董乃自述所好，恨不得异人所传。佟曰："异人何地无之，要必忠臣孝子，始得传其术也。"董又奋然自许，即出佩剑，弹之而歌，又斩路侧小树以矜其利。佟掀髯微笑，因使借观。董授之。展玩一过，曰："此甲铁所铸，为汗臭所蒸，最为下品。仆虽未闻剑术，然有一剑，颇可用。"遂于衣底出短刃尺许，以削董剑，毳如瓜瓠，应手斜断，如马蹄。董骇极，亦请过手，再三拂拭而后反之。

邀佟过诸其家，坚留信宿，叩以剑法，谢不知。董按膝雄谈，唯敬听而已。更既深，忽闻隔院纷拏。隔院为生父居，心惊疑。近壁凝听，但闻人作怒声曰："教汝子速出就刑，便赦汝！"少顷，似加搒掠，呻吟不绝者，直其父也。生提戈欲往，佟止之曰："此去恐无生理，宜审万全。"生惶然请教。佟曰："盗坐名相索，必将甘心焉。君无他骨肉，宜嘱后事于妻子，我启户为君惊厮仆。"生诺，入告其妻。妻牵衣泣，生壮念顿消，遂共登楼上，寻弓觅矢，以备盗攻。仓皇未已，闻佟在楼檐上笑曰："贼幸去矣！"烛之已杳。逡巡出，则见翁赴邻饮笼烛始归，唯庭前多编菅遗灰焉。乃知佟异人也。(《聊斋志异》)

毛　生

前明熹庙时，天下多故，盗贼充斥，锦帆绿林之徒，所在多有。洪州数举子入都，挟资颇重。道淮、徐之间，一少年求附舟。叩其所自，自云施姓，盖亦应春官试者，为独行恐盗，故来。

语作吴音，窥其行李衣冠，似是乌衣子弟。既入舟，取笥中佳茗，煎以江水，遍饮同袍，俊语名谈倾一座。众皆悦之，以为良友，恐不得当也。已而江岸夕阳，乱流明灭，孤舟泊芦苇间。少年进曰："江天暮景殊佳，某有短笛，愿为诸君一奏。"遂摩管倚篷吹之，悠扬数弄，直使鱼龙惊飞，蟾兔欲跃。众皆击节曰："桓伊、李牟，今复生矣。"

语未毕，忽一豪客跃入舟中，持一铁柄伞，奋击少年，堕水死，呵曰："忤奴不丐食村落，来此奚为！"众视其人，形容怪伟，须发林林如竖戟，皆骇极仆跌，结舌重呼曰："贼！贼！"客曰："公等非赴试者耶？"曰："然。""有重资耶？"曰："有之，愿献贼，贼毋杀我。"客笑曰："余不杀贼，贼真且杀公。适吹笛号众者是也。"众皆起谢。客曰："贼众且悍，夜将报余。畏者可暂去前三里村高翁店一宿，无患也。不畏者留更看余杀贼。"于是去者半，留者半。客戒留者先寝，闻呼则起视，自引酒狂饮，连飞数十觥不醉。饮罢，取铁柄伞枕之卧，齁声如雷霆。众假寐俟之。

夜半，忽闻客呼曰："贼至矣！"挟伞踞船头。时月黑星繁，微辨人影。一贼持刀奔客，曰："若杀我弟，我今取若头！"客不答，即举伞格之。贼应手而仆。刀槊环进，客从容挥伞，呼呼作风声，与芦苇瑟瑟相应。贼左右扑刺落水，余贼奔逃。客已夺得贼弓矢，连发射之，尽告毙。观者股栗，汗流浃衣裾。

客忽挟伞入舱坐，神气洒然。众酌酒劳客，复飞数十觥，掀髯谓众曰："公等穷年呫毕，足迹不出三里外，宁知世路之险巇哉？"众唯唯。又曰："国家求才待用，自唯有其具则进。苟平平，宁坐床头弄稚子，无以父母之身轻饲虎狼之口也。今第行无畏。"众罗拜曰："向者不敢启问，今将军活我恩厚矣，愿闻姓名，以图报效。"客悉扶之起，举伞扣舷曰："余亦非将军，亦无姓名，亦不望报。吾去矣！"一跃而逝。

既而春闱，一举子逢客于号舍，心讶此君能挽两石弓，复能识丁字，真异人也！趋前问无恙。客睨视若不相识，亦不答，即入号熟寝。窥其舍，铁砚斑管各一，别无长物，初不敢呼问。客直睡一昼夜，不少寤。次日午晌，举子文已毕，将缮写，心德客，虑其沉睡，将不克终卷，欲以己余勇贾之，遂呼客。客大恚曰："竖子败吾事！断送会元矣！"举子踧踖不知所对。既而客叹曰："毛生毛生！岂非命也！夫千金之璧，当首贡王廷，安能随行逐队，自居牛后，为渴睡汉揶揄哉！今以吾文与公。可获亚名，亦不负公数千里冒险跋涉也。"索纸书之，风行海涌，三艺立成，掷于举子之前曰："吾去矣。"即挟空卷投有司，称疾而出。

举子阅其文，允称杰构，书法亦矫健非常，嗟叹不已。因弃己作，书客文以进，果成进士第二名。(《耳食录》)

葛衣人

江宁江进士之京师，止逆旅小饮。时密雪严寒，折绵冰酒，忽见户外一葛衣人过，颀然而长，跣足行雪中，了无寒色。江异之，前叩其姓氏，不答。又问："客寒乎？"亦不答。又问："客饮酒乎？"乃点首者再。遂引入旅舍，饮至无算，不醉；复进食，食至无算，亦不饱。而终席都无一语，状类喑哑，江愈奇之。

次日将行，请客俱，摇首勿许，遂辞别。行三日，至一处，葛衣人忽至，谓江曰："君见夫宽衣大笠、短棒荷灯笼、遥立道旁者乎？"江曰："见之。一僧也，彼何为？"曰："今夜三鼓，飞刃取君首者，即渠也。"江胆丧，伏地求救。客曰："吾在，固无畏，渠果来，膏我斧矣。"乃戒江熟寝勿惊。至夜半，客提僧头掷地上曰："莽髡无礼，吾已杀之，然亦君挟赀太重，为渠所觊耳。"江初讳之，客曰："君囊中白金若干，黄金若干，封识何状，藏置何所，胡乃欺也！"江大惊失色，连曰唯唯。客曰："挟此何为？"江曰："欲往投某公门下，以此为贽耳。"客艴然怒曰："咄！汝固蝇营若此哉！吾目眯，误识尔，悔不教和尚杀尔！"言罢，提僧头越屋而去。

时星光黯淡，顷刻无踪。江惭且惧，遂不复至京而返。(《耳食录》)

了奴姊妹

山左何生者，富而好义。尝客金陵，遍谒同舍郎。一少年客居西室，首戴长巾，衣甚褴褛，而珠神玉貌，如好女子，见人辄扃门避去。何心仪之，投三刺，客瞰亡始来答拜。他日，窥其室，曲突无烟，客坐绳床上，拥败絮而已。退问主人，客何姓，何许人。亦弗之知也，乃谓：税居半载矣，值弗偿，不能复馆之。何叹息不已，意必避难而穷于途者，乃代为纳值，嘱勿言。间馈之金钱，周其乏，客不辞，亦不谢。无何，款其关，则无应，入其室，无人焉，客竟去矣。床下有青布囊，启之，所馈钱悉在，深叹其廉，然心窃怪之。

未几，何还山左，里人诬讦其阴事。县官索贿赂至巨万，始得理，家由是破。遂南游于楚，称贷其故旧之官湖湘者。薄有所得，旋治任，经洞庭之野，忽林间逸出一巨兽，红毛锯齿，当途而立，势将搏噬，莫可逃匿。欻有女子飞骑来，锦衣弓鞋，腰剑挟弓矢，即马上举足勾兽鼻。兽狂吼而奔，女逐之，绝尘而去。何虽幸得脱，而所驾马惊于兽，鞭之不肯前，不得已，返辔故道，马乃行。

日已迟暮，不及宿，独止野庙中，不能成寐。夜深月出，起步庙门外，微飔拂面，隐隐闻笛声，悠扬纤妙。且听且行，笛声止而笑声起，则灯火烂然，甲第大辟，有摄华衣冠者迎门外，揖何而进之，抗宾主之礼。何怀疑，不测其由，乃征其氏族。其人曰："君忘金陵西室之人与？即我也。"何审视果是。因问："向者何去之密，今何遇之巧？"客曰："余穷而遁去，投止于此，感君旧谊，故特相俟。"何讶其预知，客唯唯。语次，闻客腕钏触几，频有声。何窃左右顾，而见其冠下微露鬓梢，心愈疑而不敢诘。客笑曰："君疑我耶？日间马上驱猛兽为君除道者，亦我也。"因探去其冠，而云鬟见。何大惊，亟拜称谢，呼曰："神人。"女亦笑拜之，曰："吾雄服游戏人间，以贫自晦，遂不为人识。君独助我，故我亦助君，适以相酬，奚足复齿？"

旋顾谓侍者："呼了奴出。"乃十三四岁女子，头作双角髻，短袄窄袖，秀若云霞。女与之语，殊隐跃。了奴曰："诺。"遂拂檐而去。顷之，剑声映然。了奴已瞥下，反命曰："毕矣。"女乃命治餐，杯盘立具，极海陆之陈。夜向晨，何不胜酒食，起辞告行，女亦不强留，然眷恋之情，溢于颜面。有长须奴控骑候门外，即何所乘马，装资亦在。

何遂别。至家。家人乃言：里人及县官，一夕死于盗，而并亡其首。问其时日，适何见女之夕也，始悟即了奴所为，愈感之。及理行箧，则益以厚贶。别一小匣，缄甚固。启之得小剑，长三寸许，淬利如霜雪。试削庭前树，未至树已断。划石，石解。意所向掷剑，剑辄往，已复还手中，盖飞剑也。何喜甚，宝之匣中，间出而玩之。

岁余，剑首之环脱。其夜室中如虎啸，有白光拂牖而出，剑乃亡。何惘惘如丧者累日。时冱寒密雪，忽闻门外马嘶声。出视，有骏马止焉，鞍镫悉具。疑亡而逸者，而鬣间隐系绣囊。解视，得莲花一瓣，书曰"骑至即发"，并不署款识。何颇疑怪，而马数数昂首，跑地若劝驾之状。试跨之，则东南而驰，绝驶，亦不知里数。既至一处，莲花池相续如带。及第三池上，马止而嘶，不复行。乃见高墉袤延，立处当朱户，户内人语曰："至矣。"户乃辟，有小鬟招之曰："进。"

何徐徐步入。遽引至内，则曲室银缸荧荧发，碧黼帐中有呻而叹者。小鬟前白曰："至矣。"则闻铃锵然，帐徐启，有丽人拥衾而坐，神韵酸楚。何逡巡审视，女也。女见何，讶然色喜，已而跃然起问："奚以能来？"何告以故。女顾侍者曰："此必了奴也。"侍者皆点首微笑。顷之，了奴自外入，红衫翠笠，六花满身，鸦鬟楚楚，已胜雀翘矣。女弹其颊曰："妹子召客，何得不告我？"了奴笑曰："吾为姊病甚，趣召之，故不及关白。"女默然低首，已谓何曰："妾相天下士，每不留盼，云翔电迈，颇亦自豪，不图为君缠绵至此。"于是与何为夫妇。

何以失剑告，女责之曰："吾赠君飞剑，为君能用之，乃秘藏为弄具乎？彼乃神物，岂长处匣中，宜其亡耳。顾此物怪变异常，非得了奴，莫能收摄也。"何固属意了奴，乃请与之俱。女初不听，何固请，女笑曰："察君之意，殆非为剑也。"何不能隐，以情告。女曰："吾固欲之，然事不可骤，当说之，以侦其意。"乃谓了奴曰："郎剑遁，是物不易驯，须妹子一往，使郎佐汝。"了奴曰："妹自足了当，何以佐为？"女曰："虽然，亦使郎一睹其状，聊试勇怯耳。"了奴许诺。女窃教何曰："君与妹子求剑，见有物青色如龙者，剑也，毋怖毋却。然且伪为怖恐者，而匿就妹子，彼为君畏，故将不忍拒也。"

遂同行，至万谷之间，风声肃肃。了奴顾何曰："剑在是矣。"果有物长五六丈，蜿蜒于层崖之巅。了奴招以手，物即投下，入手中，遽已缩小，依然小剑耳。何忆女教，乘其举手，佯惊呼走，抱了奴腰，做战栗状。了奴大笑曰："姊亦大愦愦，如此薄胆郎，何必教来！"因以剑授何，何故畏缩不敢受，而抱持益力。了奴两颊渐发赧，若不自持者，何凝睇送意，迫恳之，遂及于乱。

及还，女戏曰："妹子尝为吾蹇修，吾今报称焉。"于是了奴亦归何。了奴谓何曰:“吾姊妹皆紫兰宫捧剑侍者。与姊窃戏西圃中,拔剑对舞,误伤守宫之鹤,故谪堕人间,使主游侠之事,遇镜而圆,幸托于君。及瓜而代,又将去汝。此后落花明月,万古相思,殆无相见之期矣。”何大悲,二女亦泣。女谓了奴曰:“妹子故善笛,今盍为郎奏之?”了奴擫笛,为悲凉促遏之音,一时风吼霜飞,肝肠尽裂,乃投笛于地曰:“离绪填胸,安有佳音,不如且已。”遂大恸而别。

何独还乡里,亦能通白猿之术,每为人旁雪不平。或有妖凭魅祟、室宅不靖者,何以剑往,立慑服。(《耳食录》)

游客铁丸

闻某公言，昔曾遇游客，类三齐年少，布衫广袖，腰系夹袋，内贮二铁丸，别无长物。或问丸所用，答曰："弄具耳。"或延拆字者于家，问叩纷然。客至，见之，曰："此亦拆字耶？"众问："客能乎？"曰："亦尝学之，然不能若是。请各心识一字，余乃能测之。"众异其言，竞试之，无弗符者。次至一人，客忽踌躇曰："君之所识者，天也，而字不类。"乃取笔画形作国书阿补喀。阿补喀者，国语言天也。其人果识阿补喀，盖欲变文以验其术也，遂笑曰："良然。"其神异如此。或曰："人苟造意，子必知之，何以待子？"客曰："不知也，此特以机相触耳。"

他日之郊外，逢弹鸟者数人。适有隼戾空，客使弹之。弹鸟者谢曰："高矣疾矣，非弓缴所及。"客笑曰："易耳。"即袋中出铁丸抛之，隼应手翻堕，胸已洞矣，丸固在客掌。(《耳食录》)

水先生

顺治中，虎贲某公者，延水先生傅其子。水盖越人，年可四十余，风貌冲蔼。某休退之暇，常与晤言，颇契洽，盖宾而友之者也。水每值三、六、九日，必出访友人。积二年，某偶宿斋中，与水对榻。一夕漏下，俱寝矣。夜中某觉，见水坐灯下，身已急装，匕首照人，气若鬼神，非复故态，乃佯寝以侦其变。俄焉门启，砉然遂去。某骇而俟之，将曙，门复启，水至，提人首累累滴血，徐取药弹之，皆缩小，尽纳口中，灭烛就枕睡。某悸甚。

明日，水问曰："夜来颇见否？"某讳之。水笑曰："形迹既露，敢不告公？昔闯贼寇乱，某从其副小红狼，知其无能也，去之。贼乃恨我，诱杀我父母妻子。我方欲报之，会大兵入关，妖孛溃除。知此贼遁去，廉之数年，今始毕之。向之屡出，良为此耳。公遇我殊厚，然不可留。"乃别而去。(《耳食录》)

逆旅少年

陈孝廉奇圣，自京师之金陵制府，道遇骑使，亦往制府勾当公事者，因同行。

一日，解装逆旅，则北寝已有宿客，遂止东偏。顷见少年自外入，深笠宽衣，面掩于笠，不甚可辨，即北寝客也。辄召主人使治具待客，必丰必洁。主人诺去。少年入北寝。曲肱支颐，凝灯宴坐，陈亦遂就榻。而骑使素好选事，秣马储刍已，潜往窥之，伏于梁间。

旅柝再鸣，欻见一物飞入，状类鹏鹗，乃觉室中鞺鞳，势若斗兵，灯影散乱，莫可端倪。顷之，有一人踣地，乃胖僧也。少年挥剑拟之曰："若不自量，欲犯乃公耶？"僧固称不敢，卑辞乞命。少年曰："若虽不竞，然亦吾属也，羽翼可任，安肯相逼。"遂释之起。

复仰视屋间，谓骑使曰："君为壁上观，亦殊勇敢，宜下相见。"骑使方怖，闻言骇甚，趋下拜伏。少年并携就坐，呼主人将酒肴来，相与飞觞大嚼。少年与僧语，骑使略不解，危坐倾听而已。

酒酣，少年谓僧曰："吾有尺书，寄于某所，能为我鳞鸿乎？"僧曰："能。"少年又曰："三日后会我某山，能不愆期乎？"僧曰："谨如命。"少年即袖中出书付僧，僧便乞辞，复如鹏鹗飞出。

骑使亦谢出，往卧东偏。天明，迹之北寝，空矣。叩主人，亦弗知也。以状语陈，相与嗟异。计僧所寄书及所期之地，殆三四千里。骑使又言：少年形貌，"玉立美如曲逆"云。（《耳食录》）

末座客

有王黄胡子者,以髯黄得名,自诩剑仙。尝会饮贵家某公宅中,诩耀四座,递叩诸客所能,莫不谦让,王意益肆。末座一客,偃蹇瘰惫,衣冠了鸟,王颇轻之,乃揶揄曰:“公辱在婁尾,得毋善饭乎,抑有他长?”客笑曰:“仆诚不能与诸君子比数,然闻君论剑,颇触鄙好,愿各为戏剧,博诸君子欢。”王掀髯作色曰:“云何?”客曰:“剑之为用,上倚星汉,下披泉壤,旁行四极,剸蛟鳄于不测之渊,翦妖魅于幽暗之丛,虽脱兔逸林,疾隼赴霄,纵锷飞锋,罔有遗遁。今第试其易者,请伺飞鸟而刺之。”王心难之。适已日暮,乃诿曰:“阳鸟匿矣,羽族息矣,何天有鸟尚来迎吾刃者乎?”

客曰:“若是且已。盍试登高为二项之舞,一决楚汉?”王又辞曰:“休矣休矣!星月不曜,烛燎不辉,仰不瞻山,俯不察地,恶乎可登而角我技?”客指主人厅事曰:“崇墉巍巍,飞甍冠之,上探云霞,嵩华可齐,顾不高耶?请灼尔目, 趀尔足,仆虽跛躄,愿导先路。”于是搴袖离席,挟王以出,如提婴孺,履墙缘拱,如步康衢,经跨檐牙,升于屋脊。坐王于鸱吻之上而抚之曰:“此地平旷,聊可栖息,君请匡坐,仆便来迎。”言已复下,神气洒然。

堂下观者,无不色飞口哆,啧啧称神。客便索酒连罄数觥,颓然就舍。主人命支梯树架,哄扰终宵,王始得下。天明视客,已豹隐矣。王甚惭,主人甚悔:海内奇士,交臂失之。(《耳食录》)

续中国古代剑侠图传·卷三

柳　生

黄明府谦六，摄篆东阿，延绍兴钱君主刑名。对房柳姓，陕人，极朴诚，每夜静即闭门坐。钱以其木讷，试窥之，见柳生背灯面壁，手一箧，语喃喃不可闻；次夕亦然。

异之，伺柳出，潜往启箧。但见白光丈余，冲屋飞去。钱骇绝自承，柳曰："余剑客也，有仇家在此，将甘心焉，不意为君所窥。剑既出匣，必伤数十人而后已，首将在子。"钱伏地求救，谢不能。

钱哀不已，乃曰："速备巨缸七口，白雄鸡六只来。"于是叠缸为七层，层置一鸡，刚覆钱于底。四更许，忽霹雳一声，柳呼曰："大难已过，可出矣。"起视则六缸皆碎，鸡悉无首。方诣柳谢，已不知何往矣。(《翼驷稗编》)

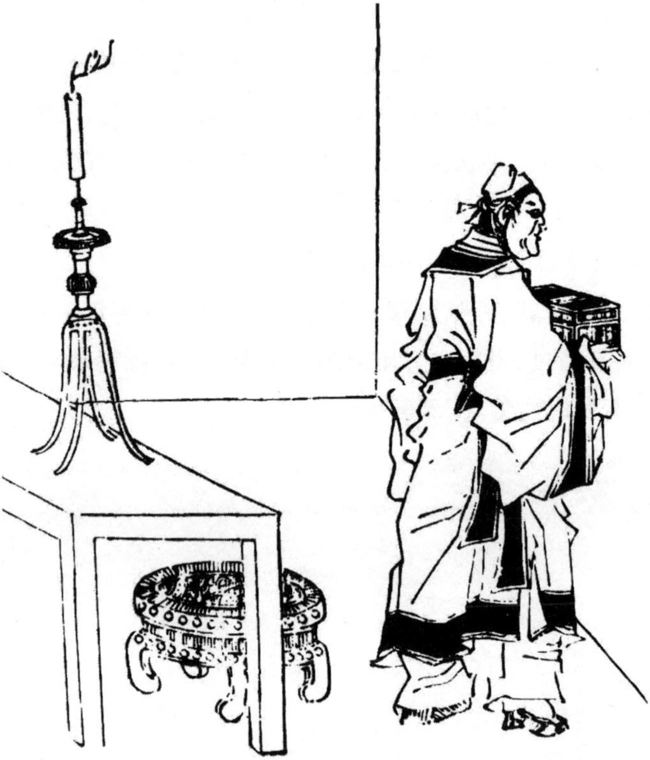

卫　女

即墨褚生，善画能文，游大梁。中丞某公与其父同年，以年家子往谒。中丞善其才，为之揄扬，遂擅名豫中，迎母与妻家焉。邻卫媪者，夫官灵宝县尉，不得于观察某，假事褫职，毙狱中，眷属无归，一女艳艳，与褚妻相过从。卫常断炊，母令褚分恤之。未几卫媪死，女益茕无所依，褚母养之于家。女红精绝，通书史，知大义，付以家事，内外井井，沉默寡言，相处年余，未尝谐笑。

母偶为之议姻，以母丧未除为辞。无何，中丞为褚纳资，得云南临江尉。褚母欲偕女赴任，女不可，方为筹一栖止，至夜门户不启，忽失所在，奁中得一函，云："抚育恩深，义当终从，唯父冤未雪，不忍舍近趋远。今且暂别，埋首夷门，酬恩当有日耳。"褚赴滇，以画受知制府，檄使开圹，宦囊获丰。乞养归，以母老涂长，聘壮士护送至黔界。止宿逆旅，见竹舆舁女至，各忻慰。诘所自来，女曰："大冤已雪，图所以报母耳。"同行至洞庭，夜泊荒岸，盗艘数十驶至，壮士出斗，悉被杀，投尸湖中。

褚母子不知所为，女忽短衣窄袖，卓立船头，但见白光盘旋，盗首粉堕，余众骇逸。女一招手，则三寸许匕首耳。褚母感谢，并讶何人授此绝技。曰："自父冤死，切念雪仇，每夜向空泣祷，泪尽继之以血。忽有蓬首妇，以青布裹头，愿投服役，遂留之。妇乘机以剑术相授，三年而成。问为谁，则聂隐娘也。"女送母至即墨境，曰："前皆坦途，可无虞矣，愿母善自珍重，儿去矣。"爟然而逝。(《翼駉稗编》)

袁 客

乌程卞某，粗涉诗书，而性好拳勇，善击刺。依其戚某中丞于湖南。尝为中丞送万金返浙，阻风鄱湖。同泊有巨舟，类贵人，仪从甚伙。

一少年坐小舟，著白夹衣，貌甚清羸。隔舟攀谈，吐属温雅。彼此通姓名乡籍，知客袁氏。邀卞过小舟饮，谓卞曰："君以孑身挟重资，行远道，不虞江湖暴客耶？"卞腰间出利刃斫案曰："赖此君耳。"袁接视，殊不介意，袖出一小剑，削刃脆如瓜壶。卞不觉失色。

袁曰："勿骇，我非害君者。巨艦乃绿林之雄耳，涎子非一日，君榜人亦其同类，风顺扬帆，即下手矣。"卞长跪求救，袁取笔以寸纸作数画付之曰："事急焚此，当相救。"卞感谢，持之回舟，舟子即解缆去。

入夜，榜人大呼寇至，一艨艟上流箭激而来，枪炮不绝声。卞急焚符，一物如飞鸟落，则袁也，黑衣红束额，持匕首立，榜人舞刀入，挥剑殪之。盗继登，纷纷堕水死，遂骇逸。

事既解，袁谓卞曰："前途伏戎正多，当护汝行。"遂留舟中，入江南境始别去。（《翼驷稗编》）

王姓客

江南方别驾鸣夏，雅爱手谈。康熙初，应楚藩伍公格幕。偶访友城外，值友与客奕，客布局甚高，询其氏，曰王姓，与之谈，颇风雅，遂成倾盖交。延至署，行装华好，而恂恂若书生，似无他能者，人未之奇也。

一日，署外火，王随众往观。火延援例某监司家，焰势迅猛，其两子楼居，不得出。监司号于众曰："有能拯我子者，酬千金。"王闻之，纵身跃入，捷如鹰隼，须臾负两子下。监司喜极，谢曰："感君大惠，已活我子，箱箧中尚有部照一纸，系某他日服官券，不识犹肯为力否？"王复腾踔直上，挟数箱冒烈炬飞出。方其初登，人第见白马往来烟焰中，比出，楼已灰烬，而王神色自若也。

众始知为非常人，竞求其术。王曰："城东数里外，洪山之麓，有宝通寺，深宏幽静，盍具馔饷我，借陈薄技？"伍公乃择吉张帷于庙，宾朋毕集，酬酢移时。王袖中出铅丸二，谓众曰："诸君欲观此耶？"即抛掷空际，旋有白光两道，各长丈余，上下盘旋，矫若游龙，而寒气侵人，不可逼视。忽闻崩塌声，墙宇震动，殿东南有银杏一株，大数围，崭然中入矣。众相顾惊愕，白光倏没，王顿失所在，遗素纸一幅，署曰："与方公交半载，囊中物留以志别。"计其物可值数千缗。（《秋灯丛话》）

空空儿

乾隆时，两江制府黄太保巡边至镇江，舟泊京口。忽失其项上所挂数珠，大惊。传地方著令严缉，限一月内交出。府县受命退，即饬役各处缉访，了无踪影。

无何，限期已迫，追比俱穷。令某焦思无策，乃离署微行密访。数日，至勾曲山后，遇一韶丽女子，衣绛绡衣，弓鞋窄袖，行绝壁间，采女贞于树，下上如飞鸟，异之。

伺其归，尾至溪边，入一洞穴。某亦蹴入。其中，大可数亩，而幽折蛇旋，迥非人境。穴将尽，有茅屋数间，门外槿篱萦绕。一老妪涤器于灶，见某，讶曰："是非某官耶？何以至此？"某前揖，具道来意。妪微笑曰："哦！想又是我女与贵上人作剧耳。此女憨态未改，致贵官惶急至此，自当惩之。但此时不知何往，请姑归，明日当令送还，贵官于午后至报恩寺塔顶携取可也。"某悚然，敬诺而出，疾驰禀太保。太保不胜骇异。

次日，命副将某率兵往环塔，彀弓注矢以待。至日中，众目睽睽，仰注塔上，忽见一道红光，瞥如飞电，而数珠已挂于顶。一时万弩俱发，渺然如捕风影焉。于是令健卒梯而登，取珠下。珠上系书一封，题曰："空空儿手缄，以呈太保拆视。"大略言其莅任以来，挟威以扰士民，挟术以欺君上，挟势以辱长吏，以诇察纵武弁，以罗织为腹心，以凌侮称孤立。济贪以酷，行诈以权，身荷封疆之任，心怀鬼蜮之谋。一方遍罹荼毒，而绅士无所控，科道不敢纠。故取公此物，聊用示警。若不速图悛改，仍蹈前愆，即当取公首级，以为为大吏者戒。云云。

太保读毕，毛骨俱悚，其贪暴从此稍戢焉。(《埋忧集》)

珠　儿

珠儿者，隐其姓名，山右太原人也，母梦神人授赤珠一颗而生，因名珠儿。十岁就蒙师学，忽失去，八九年复还。人扣以所往，语隐约。时母死，父为豪家所贼，珠儿杀其仇于市，携首诣有司。有司论以大辟，珠儿从狱中遁之浙东，与豪士姜尧善。数年归省丘陇，姜亦南游台雁。值闽变，贼帅闻姜材，欲官之。姜曰："燕雀处堂，不知祸败，而欲人陪戮西市，夫谁肯？"贼怒，挚姜于军中，曰："俟吾下两浙，定江东，平中原，然后杀竖儒。"珠儿至浙，不见姜，传言姜往京师，乃至京，不值，将复访于浙。

有吴生者，山阴望族也，父入某抚军幕，甚宠信。生往省父，父以黄白物付之归，道经都门，阻于雪，假馆宣武门外。见美少年披羊裘，策驴来投宿，呼主人索酒一斗，彘一肩，割肉烙火上，且饮且嚼，须臾过半。

吴生异之，从容询其姓名，曰："予珠儿也。"问其行，曰："有故人在浙，将访之。"生曰："吾浙人，明日当发，联辔行，可乎？"曰："不可，吾骑日行八百里，非君骑可及。且吾前途期会一客，不能与君俱。倘中道有逗留，君兼程进，当相及。吾于旅舍壁间画一鹰，下识其日，即知吾所过也。"相与共饮。及明雪霁，出彰义门里许，珠儿于驴背拱手曰："吾先行矣！"策驴如飞，转瞬失所在。

生十日抵高唐，见旅舍壁间有画鹰，读其识，即出都之夕，询之主人，云："画鹰客期人于此，两宿不至，遂去。"抵淮阴，遇于酒家楼上，呼酒共醉。生心羡其骑，有欲得之色。明旦，珠儿曰："君爱吾驴，请易君马。"生喜，易之。及就道，驴殊蹇缓。珠儿于马上语生曰："汝不善乘，请先驱于蜀冈待。"遂加策，去如电。生惘然，至蜀冈，而珠儿已俟两宿矣。因告生曰："行道迟疾，在人不在骑。苟得其道，虽疲乘可致千里，况良骑乎？"于是生知其有术，恳以师事，珠儿诺之。

既渡江，闻姜生陷贼中，曰："吾将急友难，子姑回，上元后待我于家。"驰去，入贼垒脱姜，贼无知者。吴生返山阴，日引颈望。期及，有嵇姓来，致珠儿书，封甚密。启视之，盖剑术也。其法用铅盒围八寸，中置小铅剑二、铅丸二，封以六甲灵篆，诵咒吞符，凡四十九日，木可成。生执书喜跃。嵇姓去，乃构静室，筑坛备器具，甲子入坛行其法，至四十二日，闻盒中有声如蝇鸣。法愈勤，声愈宏，至四十八日，怪风起盒中，作金鼓声，旋发大炮数十响，墙垣倾圮，烈焰蔽空，坛上诸物成灰烬。

生为火所薄，身如炭，入室不能言，噙其口，播其首，昏卧三日，变为狂，奔山巅，举巨石，拔人大。如是六七日，愈，然耳畔时闻金鼓声。

适其父挟重资回，召黄冠，设醮忏，无验。及抚军事败，父骇且愧，耳畔亦渐闻金鼓声，发狂如其子。如是六七日，愈，子复发狂如其父。如是六七日，亦愈。期年，父子疾俱作，子操杵而舞，父举火而焚，丧其赀过半。父狂死，子愈，乃矍然曰："其珠儿之侮我乎，抑孽由自作耳？"岁暮，葬父讫，尽散其赀于亲戚乡党之贫者，挟妻子入山。道逢二客策驴来，其一披羊裘，遥呼生曰："吴生无恙，今而后可以授吾术矣。"（《梦华杂志》）

黄瘦生

诸少年赴江宁试,寓王府塘之东。秋月皎洁,门临塘水,有大石正方,可容五六人。群置酒馔于上,为夜饮。

漏下三鼓,谈笑甚欢,闻击柝声近,一老翁伛偻而来,止足睨视,有流涎息。一少年曰:"尔欲饮乎?"酌以巨觥,翁吸尽。坐有谈剑侠传者,笑曰:"相公等读书人,所谈皆书本上事,不足信。"众曰:"然则尔有所见乎?盍言之?当饮汝。"曰:"予老矣,言之亦无害。予家保定。弟兄四人,皆绿林之雄。第三兄艺尤绝,踊身直上,可十数丈,贴地如落叶,以二指捻屋椽悬而行,入窗棂无声。同行劫于北地。

一日,有车驮驰道上,载货巨万,一黄瘦生跨健骡卫之。行念攫取之,可赡一生,后当不复为此。随行数日,无下手处。至某店中,夜闻黄瘦生呼其役夫曰:起,此地有暴客,将为不善,今日当兼程。予兄弟意不舍。是日行百五六十里,日暮,旷野无人迹,遥见黄瘦生以鞭梢指道旁荒寺,趋车驮入,闭寺门。

弟兄喜甚,以为此笼中物也。屏息墙外,约一更许,拟排闼入。予三兄曰:黄瘦生非善良,恐有备,予试觇之。跃而入,良久不见出;长兄入,如之;次兄入,亦如之。听村鸡号矣,予心摇摇如旌,跃至墙巅,以两手据之,俯而瞰。时月光西斜,见一人背门坐,前有物,仿佛神案,案上有香正爇。凝睇未已,香上烟忽四散,瞥见一物,如鹰隼来扑,予大骇,坠于地,遂昏绝。大明,稍开目视,血淋漓遍身,野风吹头上,痛不可忍,抚之,丧予顶。强起,行数步,寺门洞开,虚无人,三尸藉于地,身首离焉。予魂魄飞越，忍痛急行，窜入江南境，将为僧，寺无肯留者。乞食数年，为更夫，又十余年矣。”指其颅曰：“此故创也。”众起验之，顶削平，形如半匏，咸惊异，饮以酒，尽十数觥而去。及明访之，杳矣。（《梦华杂志》）

周栎园姬

祥符周栎园先生，移家白下，驻节青溪，与一姬共甘苦者七载。姬性豪壮。时北海烽燧载道，姬随栎园曾策单骑数百里。青阳城上，矢死登陴。一夕挟匕首飞身入贼营，歼厥巨魁，而门户高扃，人都不觉，仿佛如红线之到田承嗣宅中取黄金盒而返，亦大异事。

姬尝自称：前生是金粟如来弟子，再生世界十五岁，即当谢世。后已过期，乃一朝示疾不起，嘱栎园曰："妾为情累，贪生七年，今须祝发，以比丘尼葬我。君之城上诗并妾所和诗，置诸左；茗椀、古墨及素所佩刀，置诸右。覆以大士像，左手持念珠，右手握君名子印章，仗佛力解脱，非愿再世作臂上环也。"语凄切不忍闻。卒后，悉从之，年才二十有二。(《镜花水月》)

道　人

何配耀，湖南长沙人，尝游江苏，寓虎丘山后古花神庙。庙距山半里许，不时至山闲眺。每见山上游女如云，粉白黛绿，艳之内有素妆者，年约二十，尤袅娜异常。何目注神移，女亦微睨，意若有所属。何益心荡，尾之，已乘船飞棹而逝，莫可踪迹。归寓，心神恍惚，夜不能寐，遂挑灯静坐。闻叩门声，询之，曰："即日间所遇于虎丘者。知君多情，故私奔以伴幽寂耳。"何思偶尔邂逅，胡由知此，度必鬼怪，惧不敢纳。

女再三诉陈，情词缠绵，恻恻动人，何终不答。久之声寂，何亦就枕，辗转之际，疑信参半。甫交睫，而丽人至，狎亵备至，及鸡三唱，始知为梦，犹以"日之所思，积而为梦"自解。自是无夜不梦，精神日惫，渐不能支。或白书时来时去，相与调笑，浸假而如影随形，不复暂离，百计驱之不去也。

忽一道人，形骨立，衣百结，曳屦负剑，经庙门过。何适倚门而立，道人顾何，讶曰："君，人也耶？胡阳气消尽，与鬼为邻耶？"何以实告，道人点颔曰："是矣。"解剑授何曰："持此置床头，可除。倘剑鸣，则急持毋令飞去。"何唯唯受命，视其剑，则蒯缑。归置床头，丽人即不复在侧，精神亦觉稍爽。至夜静，闻帘外有女子声，歌唱而来，剑忽动，蒯绳倏化为龙，一线红光，穿帘而出；剑顿炯灼吐光，射人眼不敢逼视，铿然有声。何惊极，不暇持，瞥然飞腾，如疾矢驰去。是夜何得安枕，唯以失剑为虑。

次日，道人至，索剑，何长跪谢罪。道人曰："此战国时，冯先生剑也。是剑治魔不可以数计，君今遇魔，故奉以相治耳。

但君之魔以蒯绳缚之足矣，不须斩也。”立门外，以手向空中招之，其剑如鸟飞翔，戛然止前，秽气扑人。道人曰：“污我剑矣，又费一番铸治也。”遂将剑置地上，口中吐火，若水银泻地，顷刻火堆数尺，不可响迩，蒯缑固不焦，而剑已如金在冶矣。乃于火中出剑，以拳敲击之，或于掌上磨砺之，治已，复就火煅。如是者三，视其刃，若新发于硎，遂仍吸火入口。须臾火尽，地已焦赤。道人曰：“合与君有缘，因来施治。但魔虽去，而心气已耗散矣。”索纸七张，每张上各画一圈，其大者可径尺，以次叠小，至如一粒粟，曰：“先以大圈粘壁上，终日兀对，令心不出圈外，七日内心气可足。若功力不懈，七圈皆用，效当自知。”言已，负剑去。

何如法行之，至四十九日，心地忽然明彻，飘然而去，不知所终。或曰从道人游也。(《志异续编》)

童之杰

武生童之杰，滦州人。尝蓄一利剑，自云能斩鬼狐，人固未之信。某年秋，负之行山东道上，旅人有询者，辄津津道之，且云："吾持此刃，虽不能学万人敌，然遇魔鬼邪妖，不难一一断之。彼区区诛军斩将者，犹是人间钝器耳。"言之数数，即有好奇者，欲试其能。因先与结交，行止皆共。时济上有巨家，所居宅第为妖所据，旷之而迁于邑中。其人深知之，一日令宿其地，乃绐童曰："溽暑犹蒸，旅邸人满，有一清凉国，君能从我游乎？"童询焉，则曰："知交有别墅，实在于是。倘偕访之，今夕东道主有所在矣。"

童欣然从之，并迹而前。至则天已向晦，其人导以往，户犹未闭，阒其无人。盖巨家缘有怪异，知无敢入者，遂不慎管钥也。两人袱被径入，甫及中门，其人佯惊曰："何洒扫亦无一二，君姑处此，待予往左近觅之。"童视第中颇修整，故亦不疑，且恃其武勇，慨然曰："诺。"其人即趋出。

至外，遽阖其扉，且以革带系双环，谅童无能飞越，喜笑而去。童久俟不至，心窃讶之，欲出，则门已扃，顿悟曰："若人殆欲试我术也，幸有剑在，予何惧焉？"于是即庭侧一室，拂其尘榻而处。时已昏暝，亦不遑深入，按剑良久，寂无见闻，遂倦而思寝。甫及安枕，窸窣有声，窗牖故无片纸，伏而窥觇，淡月之下，见一人长仅尺余，侏儒肥矮，往来巡阶而走，状似狐。因厉声叱之，倏不见。童遂以为无足虞，弛然复卧。俄而，火光顿炽，可鉴须眉。有异物高与檐等，面瓜色，双眸如盌，灼灼然，火光即从此出。周身皆绿毫，约长数寸，甚可怖畏。童不觉股栗，强掣其锋，虚声相向。物笑曰："此剑尽足割鸡，奈何大言欺人耶！"其音如鸮响震屋宇。童之剑早已坠地。正仓皇间，忽闻环珮声，物竟敛迹。童因定性视之，遥见纱笼数对，出自庭后，比及所卧室前，则一中年小妇，靓妆袨服，导以小鬟十数，咸衣红紫。童心诧妖异，屏息无言。妇人排闼入室，命小鬟以烛照之，微哂曰："看竹亦问主人，何擅做入幕之宾？无怪乎断养不容也。"

言讫，北面就座，呼童以礼相见。童既无能遁，强起而揖之。潜睨其容，黛绿粉白，犹存风韵。因窃计："巨鬼畏此，此必其中巨擘。予受此剑，本未一试，顷因气馁，致为鬼所揶揄，今值孱弱，犹不用武，岂真束手待毙乎？"见妇人指挥从婢，似将不利于己，意殊莫测，乃俯掇其剑，挺而刺之。妇人忽回眸一笑，曰："汝犹以剑侠自居耶？予以好生，不戕汝命，且欲讲济世之术，汝乃包藏祸心，反以予试此刃，是诚不可救药者矣！汝既有利器，请断予首，倘不能效，弗可活也。"

言次，侧身向童，命其尝试。童惧，复弃其剑，伏地曰："予不敢矣。"妇人又笑曰："孺子尚知分量，似可教也。"乃令起坐，与语曰："予实红线之流，神于剑术，非若子之碌碌者。因此地鬼狐为祟，特来居之，怪皆远遁。向之试子者，皆予之仆隶为之，非真妖也。而主人不知予仙，犹以为怪，遂亦究无人居。适在后庭，闻仆言子有重宝，而其气不扬，故宵行而来，将授子以异术，岂有他哉！"

童闻言大喜，长跪请教，欲求为师。妇人命取所掷之剑，拂拭再三，谓之曰："此道家荡魔之具，非吾辈所用者，故须人力，始克奏功。若吾剑之飞腾变化，则行之无阻矣。虽然，子实负此剑，非剑之负子。吾授子口诀，再以符水煮是剑，则天下之魔，不难尽荡耳。”童益踊跃请教，妇人遂言曰：“天心正大，吾法正直，荡涤邪秽，肃清一世。”授讫，即令小鬟持剑去，以某符和某水煮之，以光起为度。且谓童曰：“剑非不利，但遭此尘埃，亦不免钝矣。”因与童坐语，历言剑侠行事，并戒童以正心济物，不然剑虽通灵，其为宝也几何？童一一敬诺。又许时，婢以剑出，则精光迸露，非复向之黯淡无华。童遂再拜只受。妇人又叮嘱数言，始返内，时已漏下五鼓。童少寐，天已侵晨，亟起整衣。

将诣庭辞谢，而小鬟已出，又以一革囊相付，曰：“夫人有命，人神路殊，不宜数数相见。君持此囊去，尽收天壤魔妖，十年后始可寻晤于武当山，彼时再倾囊细叙也。”童又拜受，小鬟即入。童甫出，绐之者早俟于门，笑而询之曰：“此中颇安乐否？”童心甚恚，然遵正直之教，不敢讳，为缅述之。末曰：“子实杀我，而予以剑赖子以神，恩怨可以两忘矣。”遂别去，不再与言。其人亦疑信参半。嗣闻童在江右，颇著神奇，且出家为道士，代人驱遣，不受一钱，始为之骇异。余在邗江时，曾闻童之神术奇迹甚多，始举其一二，即足慑人。扬州有一妇，初患瘵疾，既而梦与鬼交。其鬼面目臃肿，毫无血色，且体冷如冰。每至，妇即沉顿，颇不可当。其家延童祛之，童诘其形状，笑曰：“此一覆没之鬼也。”

乃不入妇室，携众直至江干。夜深，鬼果出，童突前擒之，删剁剖剥，流水满地，其臭不可闻，相偕者皆掩鼻。童逐纳之于囊，鬼犹啧啧作响，荷之而行。妇始安，半年而愈。又某县富家有女，亦为狐祟，昼则白身卧闺中，夜始凝妆以起。侍儿窥之，都无所见，唯衾枕时有长毫数十茎，则狐之所遗也。童闻之，佩剑而往，至即于富家门侧，拔剑挥之，应手而倒。得一狐，长近三尺，血殷然已垂毙。童乃剖狐之心，用以疗女病，良已，仍以囊贮此狐，徐徐而出。人视其囊约二尺，盛诸异物，无人包容，不禁咋舌骇叹。童既为黄冠，不归故里，至戊辰岁，做武当之游，遂去不复返。(《萤窗异草》)

河海客

巨鹿某公，官总宪，有权势。公子某，好蓄姬妾，干仆四出觅佳丽，恒昼见而宵劫。人畏其势，不敢讼，讼亦不直，于是人咸相戒，凡妇女勿倚闾。闻公子出，虽中年妇亦必掩扉避。

尝有外来卜者，赁居尼庵，携一女，年未笄，有殊色。一日公子涉兰若，见女悦之，谓尼曰："卜者女可使入府，当予以金，不然毁汝庵，鞭汝死！"尼唯唯。公子去，尼以告卜者。卜者曰："我女岂为人婢妾哉！"尼曰："汝女得侍公子，即贵矣。"卜者不答。尼又曰："汝身无羽翼，既来此，虽欲不从，其能脱乎？"卜者厉声曰："伊父为官，当知律法，敢强夺民间女子耶！"尼曰："必不欲，无贻后悔！"即使人白公子。

公子命健仆二十，骤来劫女。卜者出阻，群仆鞭箠交下，风卷云驰，霎时劫去。卜者蹶然从地起，顿足詈曰："莫谓而公无力也！必与我为仇，定有以报！"遂去。

明年春，公子初度日，宾客云集。筵宴方张，阍者进报：有髯丈夫，自称河海客，探知公子诞辰，特来祝嘏。公子即命入。客仪容甚伟，皂衣广袖，青绡蒙首，大步至庭。后随二童子，年皆十五六，各负一剑。最后一垂髫女，姿容绝丽，衣枣花紧袖碧罗衫，浅红吴绫裤，微露紫绡履，细小若菱角，腰围绣带，下垂过膝，手提一筐，内盛绛桃已满。客向上长揖曰："适从海来，采得此桃，特为公子寿。"时在二月初旬，桃尚未花，众皆称异。分食之，味甚甘美，真异种也。而公子见进桃女艳，又不禁神移心荡，私念江湖女耳，饵以金，谅无不谐。否则俟其去而要于途，亦几上肉也。因问客曰："此女与汝何称？"曰："小女子也。”问：“何名？”曰：“女子名，何必上闻贵客？”问：“年几何？”客亦不答。顾左右曰：“来有时矣，何不赐饮馔？”公子遂命设席于庭。客南向坐，二童子东西，女下坐，恣意饮啖，旁若无人。食毕，复请曰：“醉饱矣，并乞一席地，宵宿于此，旦即行也。”公子令设卧榻于中门内。

顷之，宾朋尽散，公子入室将寝矣，忽焉有声如风，门环响处，扉已洞辟，二童瞥然若惊燕入室，挟公子疾行。有二侍女欲随，一童以指按其肩曰：“止！”则皆呆立不动。公子至外厅，见烛光下髯客高坐，目慑公子言曰：“余本越人，幼学剑于太华山，术既成，即遨游海内，专理人间不平事。今闻汝父子恶稔已极，特来除之。”

公子震恐，伏地乞命，不敢仰视。一童前请曰：“杀耶，抑刳诸？”客曰：“伊父贪虐，不久当伏法，渠虽淫，罪犹不至是，去其淫具可矣。”童应声挥剑，袴破，血溅满地。公子既闷绝，遂不省以后事。

厥明，日已高，府内外犹寂。邻里迹见其异，以闻于官。验时除救治公子外，而阖府内外百余人，或立，或坐，或跪，或卧，皆瞠目不语，如木偶然。方骇异间，一吏见厅案上有字大书曰：“公子不法，本当杀却，今姑从宽，去势留命。”另行书：“婢仆肢废，饮木瓜酒可疗。”乃如所言治之，则皆愈。检点府中不少一人一物，唯卜者女不知下落矣。公子卧病年余，始能步履。未几，总宪坐行赇免，田园皆籍没，愧愤而死。公子至无立锥地，栖僧寺以终云。（《对山书屋墨余录》）

续中国古代剑侠图传·卷四

余　客

车夫锅五，山东之黄县人，在都中拉短，从未至他省。偶遇士人，曰余姓，福山人，与论价，云将之江南。锅以不识路，未即允。余曰："但遵大道行，我曾知之。"锅欲回店结账，余曰："无须尔，行则行耳。"余上车，行甚速，锅亦不知其然。

出都门，至逆旅，锅问："何无行李？"余曰："在前途。"锅索钱，子银一锭。次日天明，已易地，锅未知车何以驾，门何以出也。如此已数程，锅识字，见驿站似河南境，以问余，曰："但前行，无多言。"余车中一无事，日弄二铁丸如弹子大，有时塞鼻孔中，下垂若笔干，长不及尺。

又数日，锅大惑，每住宿，酒食纷列，骡之草料亦丰足，从无人向索钱，以问余，曰："后再算。"又数日，大水汤汤，岸上肆楼栉比，帆樯如林，更不知为何地矣。余谓曰："明日即渡江，只以二骡行，寄车旅店中，回时乃以取用。舟中如遇警，无恐也。"锅唯唯听其所为。果登舟，锅晕甚，将抵彼岸，上游来一船，执刀者十余人，呼余，若欲得甘心者。余不理会，从容驱骡行，一手携锅走，惊悸中只见四围如电绕，白光数十道，上下圆转无少停。

至日殩，余问饥渴，锅亦惫不可支，下骡坐石上，出蒸饼干肉以食，不知何自来，谓之曰："贼子送盘缠来，无所用，悉以奉赠。"因于骡上取一囊，有银廿余锭，令检点收存，并告曰："途中如有事，毋惧，亦毋言，只坚守二骡，勿令逸去。"少迟，各骑一骡行，昏黑中更不知是何路径，唯闻风声树声与骡蹄蹴踏声。

至晌午，抵一村，似在深山中，男女十数人，皆白衣冠伏地哭迎，或相抱持。迤逦十余里，止一门，中堂停一棺，白衣冠者拒不令入，余怒甚，出二铁挥且行，至堂上，拍棺大哭，手提一幼孩。白衣冠者与争夺，余置孩案上，取胸膛一物出，掷棺前，血淋漓，抛尸屋上。举室辟易，不敢前。邻家皆闭门，无一人观者。少定，驱白衣冠悉入内。余出门，指二树与锅共拔之，去其枝干，夹棺驮骡背，令急行。至山下，抬棺路旁，嘱少候，余复回。锅遥望之，山中火起，树木亦延烧。余返，扶棺行，途中间车骡价甚悉。

至江边，舟人相助上下船，登岸后，骡行稍缓。不数十里，至店中，主人若先知者，卸棺缚车中，按站行。余一路不言笑，亦未见其易钱，而资斧不乏。

廿余日，入山东界，锅知去黄县不远。一日过辛家店，万山丛杂，行人稀少，歇大树下。余谓曰："相处数十日，同行数千里，可谓相好矣。今将到家，无劳伴送，但车骡不能还，价值短少，如命相偿。"锅私忖此人可交结之，因答曰："同乡切近，车骡尽可用，前承厚费，实已过之，无须较量。"余笑曰："真大解事！相君之面，十年内无大财气，今余薄资，亦以见予，回家守田亩，卅岁后再出谋事，后会正有期也。至仆此一举，亦勿轻以语人。速去速去！不可回头。"又于腰间取银一包付之，锅叩头谢，尚欲有言，而风沙蔽日，微闻车行辚辚声。偶回顾，但见白光二道，闪烁射人，急飞步前行。及暮抵家中，合计其银二百余两，足敷车骡原价。此道光十几年事。

至咸丰初，锅五又出门，方以告人，正不知余姓侠客也，剑仙也，惜未问其名字，当访于昆仑、之罘间。(《见闻随笔》)

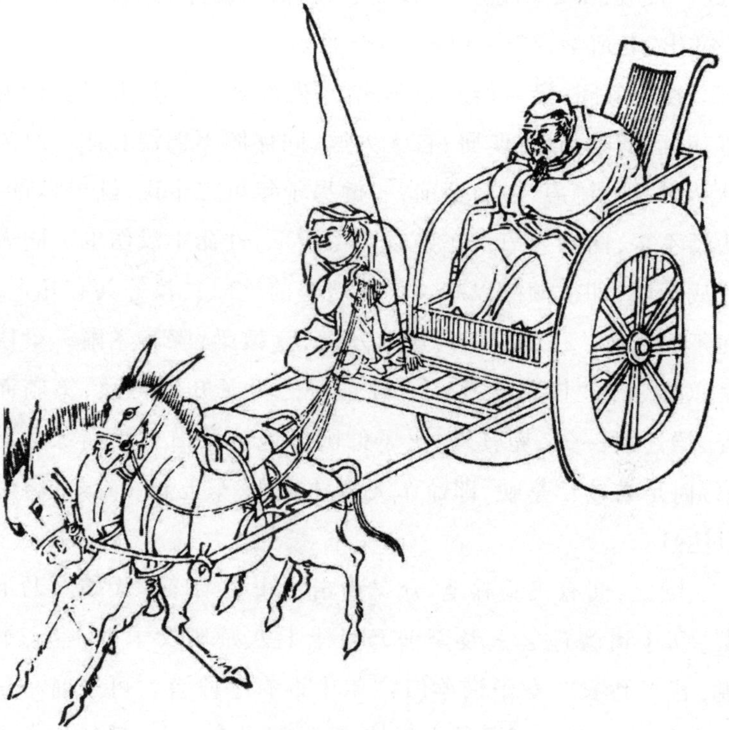

侠女子

武昌梁芷香，武世家也。其父元兴，习少林术，以拳棒名天下。弟子出梁门者，湖以北号称无敌。至梁君，不乐习武，曰：“剑一人敌，不足学也。”乃弃而学文，弱冠游庠，文名噪甚。每一文出，老宿学皆敛手退避，自叹弗如。

乙卯冬间，梁君偕友公车北上，路经齐境。车夫以贫行失道，时已薄晚，荒林旷野，杳无人居，同伴罔不惴惴心悸。忽闻林丛中有鸣镝声，一骑至前，一健男子年可二十许，红巾裹首，状颇不恶，向同人曰：“车中物可尽留下，性命不汝伤也。”同人色战毛戴，即欲倾箧以献。梁独从容前笑曰：“汝等共有几人，何不畏死耶？”男子不答，控弦发矢，竟拟梁，骤若飞雨。梁挟之以指，曰：“技止此乎？”三发三接。男子知不可敌，策骑而奔，梁还射一矢，毙其马，男子仰陨于地。梁曰：“汝尚绿林鼠辈，何足与较！”是晚，即命车夫傍林露宿，车上悬一红灯，将坐以达旦。

顷之，闻有飞骑骤至，众又齿击不止。梁曰：“无妨。”乃下车，立于道旁迎之。及至前乃一十七八娇弱女子也，容态婀娜，若不胜衣。女子询梁曰：“尔中谁有手段者？可来前一角优劣。”梁曰：“可。”尽其生平伎俩，连发九矢，若贯珠然。女子毫不惊怖，尽以手接，最后一矢，若为不见，待至，略张樱口以衔之。梁大骇，乃于车中持铁棍来斗。女手无寸刃，但启上衣露一革囊，飞出三寸许匕首，光荧若月，倏过处，径截铁棍为两，火星迸注。梁但见匕首在其左右盘旋欲下，寒凛毛发，自知不敌，亟伏地曰：“愿尽献所有以赎命。”于是各人行李皆陈女前。女吹角呜呜,贼众群至,将诸物捆载而去。

去不须臾,女子复返曰:“君非梁元兴之子乎?”梁曰:“是也。”女曰:“然则吾师兄也。顷者冒犯尊严,幸勿罪责。”即呼众将物付还,并贶梁百金。翌晨,护之出境。惜梁中馁,未询女子为何人。女子临别时,约梁于旋辕时至其家,当有所赠。

梁是岁登第留京,后竟不往。女子姓名不传,良可惜也(《遁窟谰言》)

柳　南

太仓吴云岩，名诸生也。为人慷慨负大志，肯急人之难，人皆以郭解目之。偶游武昌，于市中见一男子，形状魁伟，而悬鹑百结，褴褛不堪。后随一人，向之索钱，喧呶不已。伟男子调臂竟行，不答一语。其人忿甚，突前仆之于地，挥拳奋下。男子一任其殴，殊无痛楚意。生异之，趋前劝止。其人曰："彼欠余三月饭金，一钱不与，今必不相舍。"生问值几何，曰："前后共计十金。"生探囊代为之偿，其人乃释之而去。男子起，拱手致谢。生令其随至寓斋，诘其姓名。男子曰："余，柳南也。从师学剑十年，今始出山耳。"生曰："此外何能？"曰："无能，只善啖饭耳。"生曰："今将安归？"曰："四海飘零，一身潦倒，将安归？"生曰："然则从余南耳。"曰："愿甚。"生遂携之归吴。与之谈，元言奥理，肆出不穷，遂为谈友。暇则为生经理家事，条理井井。因是生一切皆委之，不数年，粟溢于仓，钱朽于贯，富甲一方，生颇德之。

有叶孝廉者，生同研友也，家甚豪富。是冬公车北上，来辞别生。柳谓叶曰："君此行必登第，但须假力他人。"因出袖中文一册，曰："熟此则玉堂可致也。"叶颇不甚信，生因力赞其能。叶至都，应试数题，一一吻合，主司击节叹赏，竟置第一。殿试策又适符，居二甲，遂入词林。归后报柳南以万金，柳以奉生，更益十金，曰："此母也。"指万金曰："此利也。"飘然辞生而出，追之已杳。生叹愕久之。

越数年，生方从友人家晚饮归，解衣欲睡，忽闻挝门声甚厉。呼仆启门，则人喘马嘶，喧阗满室。生惊出视之，则登堂指挥者，柳南也，衣冠华焕，非复昔时，旋见有自舆中出者，皆十七八女子也。生喜骇交并，径前执柳南手，曰："子去，几令人闷死，何遂翩然远逝耶？"柳笑曰："别后浪游楚蜀，思所以报君者尚未至，因念生人之乐，必当拥名姬，居大厦，裘马盈门，绮罗接席，为温柔乡生色。仆故为加意访求，留心选艳，以充下陈，实后房。兹群鬟俱在，请君观之，以为何如？"乃一一呼之来前，指谓生曰："此蜀中二娇，一字翠翘，最工刺绣，一字墨倩，雅善鼓琴。"又西顾曰："此西方美人也，能作掌上舞。"又曳最雅一娃曰："此襄城之女少陵，可与君旗鼓相当。"生目已成障，心复摇旌，茫然不知所对，但笑曰："岂其在梦中耶？"

翌日，柳生尽出其橐中金，鸠工购材，土木大兴。未岁月，已告落成，第宅连绵，雄于一郡，令生移居其中。生见曲廊深院，舞榭歌台，备极人工之巧，箫管之声，出于墙外。入房则椒壁芸窗，芬芳远透。俄而红粉如云，争怜献媚，微睨之，皆国色也。

生自此享用埒于王侯。其年适当大比，柳南偕生至都，出一册文，令生揣摩。既入场，题尽与合，发解南闱。柳南为遍征戚友，及郡之有夙望者，演剧宴贺。宾客不期而至者数百人，道上之冠盖相望，座间之巾裘相接。

酒酣，柳南抗声起曰："君辈亦知吴解元为何如人乎？仆挟剑术，游人间，迄少所遇。窃以宇宙之广，岂无一人知我者？故落拓自放，冀有所得。吴解元遇于衢市，初不相知，遽肯解囊拯急，携我偕归，委以诸事，真我鲍叔哉！今解元名立利全，此中得以稍慊。顾仆岂淮阴望报者流哉，亦使后世知我辈中未尝无人耳！"言讫，纵身向檐，倏忽已逝，众始知柳南为非人。（《遁窟谰言》）

老　僧

卫文庄，保定人。少读书，甚颖敏，三年而诸经毕诵，父师俱以远到期之。及习帖括，竟不能成文，苦相督责，则愤然曰："此等恶劣文字，几如犬吠驴鸣，乃强使人把卷吟哦，执笔模仿，宁死不能学也！"师奇其言，然以其资异，不忍遽令辍业，委曲劝谕而已。

翌日，卫忽逃去，不知所之。十年始归，体貌瑰伟，丰神清拔，与人谈，悉元妙之理，间及剑术。父母诘其向在何地，秘不肯言。自此遂以拳棒家自名，师之者户外屦满。

一日，忽有少林僧来访，极道企慕。言次因问卫婚未，卫曰："远出甫归，无暇及此也。"僧曰："适自秦中来，西安有一奇女，曰仇慕娘，国色也，精晓各技，秦中无与之敌者，特标于门曰：有角艺而胜者，愿奉箕帚。小僧颇欲得之，恐不能胜。愿与君偕行，不胜则君继之，未知姻缘簿为谁如意珠也。"卫笑诺之，遂策蹇俱去。

既抵西安，往诣仇舍，则崇闳广厦，宛然世家。及见慕娘，高髻淡妆，姿容绝代，一婢捧剑而侍。请卫更衣，卫揖僧先。窄袖蒙首，蹑屣而前。女见僧至，双颊微酡，颇有愠色，翩然入内，久之始出，谓僧曰："来！"僧奋拳猱进，女稍偏以避之，僧左女右，僧右女左，腾挪数次，女起一足，适中僧股，颠去尺有咫，呻吟倒地，已不能行。卫趋视之，骨已折矣！女笑曰："秃奴破戒，宜受此苦。"因请卫角，卫遽飞剑及之。女笑不言，从容向侍婢取剑相迎，纵横挥霍。顷之，但见寒光万道，莫辨女影。卫方欲尽技敌之，女忽收剑曰："君胜我矣。"

女父即出款卫，留宿斋中，以践姻约，而送僧于逆旅。卫合卺后，伉俪甚笃。间时，卫谈及僧曰：“此衲子拳法甚高，已臻少林绝技，何以遇卿乃创之甚也？”女曰：“妾师所教，唯有一法，可以破彼。曩妾入内易履，苟一著足，无不立殒。”因视履内，莹然三寸许匕首也。

后卫从军蜀中，积功至太守，分治重庆，携眷赴任。偶与慕娘并游锦鸡坊，登亭眺览，忽见少林僧同一老和尚至。老僧碧眼方瞳，眉长寸许，手爪若麻姑，谓慕娘曰：“婢子无知，擅伤我弟，今日汝命恐不得逃。”瞥吐双丸直射慕娘。慕娘凛然寒噤，但觉周身冷若冰雪。须臾，老僧曳杖竟去。卫与慕娘若丧魂魄，匆匆乘舆归衙。迨夜卸妆，则鬓发尽落，若刀薙然。及解罗襦，则红抹胸划然中断。方知老僧剑侠高手也。

因与卫向空顶礼，始得无恙。后卫细访颠末，方知老僧固与其师同门也。(《遁窟谰言》)

相　士

湘陵有陈生六奇者,以勇力自恃,武断乡曲,人都畏恶之。同里秦星槎,家有诸葛报时炉,盘龙刻凤,式制甚工细,上有十二窍,底有一小洞,是炷香者,窍按十二时,应时香出。

秦氏以祖父相传,珍若宝玉大弓,不轻易示人。

一日,因宴佳客,特出以夸耀于筵。经手泽抚摩处,光堪鉴发,咸啧啧叹为稀世珍。时陈亦在座,兴攘夺之念,欲借归家中,以供一日清玩。秦笑曰:"鄙人性素慷慨,凡物皆可与共,所不可共者,唯此物与山妻耳。"陈不怿而去,思有以报之,而未得间。

忽传贼氛东窜,不日将犯境矣。陈率里中无赖人自成一队,一切枪炮器械悉自置,请于官,愿备城守。邑中官,白面书生也,事起仓促,罔知所措,得陈以为足恃,发帑金以做赏项。诸无赖悉踊跃,贼游骑之至城下者,歼之,益以为功。顾饷用未集,陈乃倡言:"此时正当神富括资饷士、竭力报国之秋也。"亲诣秦家,索万金犒军。秦大惊,曰:"余所存者,仅田屋,今悉在城外。家所藏不及千金,愿尽出以饷壮士。"陈不可,往复再三。陈曰:"秦家藏有诸葛炉,苟以馈余,其事当已。且余为斯城之民披坚执锐,冲锋陷镝,所保全者多矣,即区区者余畀,亦何不可之有!"秦氏惧祸,不得已,纳诸陈。

无何,大营遣援兵至,贼退解严。邑令以全城功擢升知府,而陈亦得五品议叙,居然列于缙绅矣。秦自失炉后,郁郁不欢,渐患心疾,居常喃喃,如与人对语,或独坐书室,吁嗟竟夕。

一日,扶杖闲立门外,见相士过,呼入与语。相士清髯玉貌，神体疏秀，一见秦，即曰："君颇不忧衣食，而面有戚色，何也？岂非有不得志事耶？"秦知其非凡士，乃告以故。相士曰："我能为君谋，当令返故物。"不索相值，竟出。秦命仆追之，已杳矣。

相士乃择陈旁舍，设小肆，大书"天下风鉴第一家。"陈适与友行市中，归见之，大异，因就相焉，遽据上座，傲睨自若。相士谛视久之，蹙额曰："君有大晦，不出今日，若以诸葛炉施我，俾归故主，为君解释，冤结或可免。"陈忿作色，顾谓相士曰："汝为秦氏做说客耶？敢妄言唐突我，勿悔勿悔！"推案遽出，众为危之。相士曰："彼三寸匕首已加颈上，焉能害我。"顷陈遣其党噪而至，将加鞭扑窘辱之，则相者已不知所往。

是夜，陈睡方醒，闻铁声铿然甚厉，蹶然惊起，见倏有一物，穿窗而过，皎若霜雪，与月光争激射直达陈寝。陈惧，急以被蒙首。物过处，痛彻心髓。呼童烛之，见小刀径尺许，入木五寸，顶血淋漓，沾濡床褥，而发去其半，顾无一发留于枕畔者。陈力拔其刀出，就火谛视，觉一片寒光，冷侵肌骨，刀形制极精巧，柄上镌相者名。陈悚然曰："我固疑此人世。"不敢复寝。达旦，盥漱甫毕，见砚旁有一函甚高。启之，乃昨夕所失之发也，有字一行云："炉不归，今夜取汝首矣。"

陈愈惧，立携炉亲送之秦书室中而归。自是陈威焰稍息。（《遁窟谰言》）

天下風鑑第一家

飞剑将军

吴思演，江西之南丰县人。富而任侠，武艺绝群，尤精剑术，得异人传授。

一日，有云游道士造门请见，吴知其非凡，即拜之为师。道士尽其所长授之，唯不及剑，谓之曰："吾生平绝技，悉授予人无所隐也。顾能精于其道者，天下唯三人而已，君其一也。吾观子神骨清澈，颇有道气，法当尸解，虽工剑术，亦足为多。"乃更授以吐纳导引之术，曰："此内丹也。炼此，虽金石水火，多无所畏。今天下乱离，盗贼蜂起，子当为国家宣力。十二年之后，见我于无锡惠山之麓，其谨志之，勿忘。"

吴后游楚中，一日，有老翁疏髯道服，貌甚清古，携一少女造门，请比剑术。吴延之入，视其女年仅十四五岁，发尚垂髫，容艳若桃李，而神清如冰雪，异焉。问姓名，不告，曰："第比剑耳，奚琐屑问！"为相约于黄鹤楼前，订期而去。

及期而往，女已先在，捧剑而立，绣裳宽袖，非剑妆也。吴请更衣，曰："不必。"语次，白光一闪，剑已及顶。吴急出剑敌之，一剑又起，飞舞空际，白光旋绕不定，但闻飒沓之声，骤如风雨。女身隐跃光中，不能正视，锋芒骇疾，不离吴之左右上下也。吴愈退，剑愈迫，时观者千人，成木立神悚，无敢出一语者。吴大惧，奋身一跃，出八九步外，曰："神技也！止止，无过逼。"女乃止，视吴微笑曰："君能敌我，亦大不易，无怪师云为门墙高足弟子也。"吴异其言，详诘来踪，则授女术者，即吴之师也，常道吴能，故女来一校耳。吴因问女："剑术之外，尚有何能？"女不答，竟去。

楚中大帅闻吴名，招至幕下，令在行伍立功。每杀贼，吴必以身先百步外，取贼目首级，百无一失，贼中称之为飞剑将军。吴有神术，能于枪炮矛戟丛中奋身独进，而绝无所伤。偶有一铅丸堕吴营帐，吴所凭之几粉碎，而吴危坐自若，人皆惊以为神。后隶张帅麾下，大营兵溃，张帅殉国难。吴随众军退至无锡，驻营城外，方拟出战，闻贼猝至。众皆遁去，唯吴独存，以为贼距尚远，必不能来。时吴服五品服，花翎晶顶，据鞍徐行，纵览惠泉山色。贼之游骑已至，吴若不觉，一贼从后挥刀斫吴，杀之马下。越数日，吴之亲丁来收其尸，纳之棺中，载至苏州乡间唤人舁于冢上，举之觉甚轻，启而视之，已无所有，唯留常日所用一剑而已，人以为尸解云。

此系豫章程君亲在营中目击其事，谓非虚语。程君常与吴周旋，言其绝无异人处，唯夜多不寐，起，必以寅初，口向东方，嘘吸舞蹈约一时之久，虽盛寒暑不辍也。（《遁窟谰言》）

张青奴

会稽冯生，字少文，有豪侠气。以事至都，偶过市上，见人丛中一媪携一少女，哭甚哀。旁一少年促女登舆。观者如堵，皆曰“可怜”。冯询其故，知女父为县令，以亏帑褫职，上司籍其家产，数未盈责令抵之。其父以忧愤卒，今将鬻此女为丧葬费，母女分离是以悲耳。冯恻然，立出百金赠妪，令人鬻价返少年。少年曰：“已有成议，不可改矣。”冯婉劝曰：“彼鬻爱女，良非得已，徒以父死无殓，故勉强从事。今彼已具金返君，君亦宜少怜惜。”少年厉声曰：“汝何人，敢与闲事！如必欲已，非返我千金不可！”冯怒其无礼，遽捽其发。少年亦怒，遂成殴斗。少年力勇，冯渐不支。

时观者愈众，忽忽一童子，面如冠玉，发髻双丫，从人丛中拉少年颈，叱曰：“清平世界，强买良家女，将谓三尺法不足畏耶！”少年痛不可忍，愿反券罢议。其党十余人纷纷俱上，童一手格之，如摧枯朽，众惧，披靡，乃令少年反券收金，交易而退。旁观皆咋舌，咸言少年为某将军之子某者，此仇恐必报。妪女去后，童谓冯曰：“君高义诚足千古，然旅居于此，恐祸及，不如速归。”冯从其言，星夜束装返会稽。翌日，去都城百余里，行至三家堡。

日将晡，有暴客瞰其行李沉重，乃聚众于堡，待冯过而要劫之。冯大惊，策骑疾行，马偶失蹄，颠冯于地。比上鞍欲走，而追者已及。冯益惊，正仓皇际，忽一美女骑独角兽疾飞而至，盗欺幼稚，略无少惧。女鼻中吐白光一缕，横若匹练，飞斩盗魁一人，余皆惊遁。白光追之，良久始返。女自言曰：“贼幺们虽不即死，然四肢已不可用。”冯惊定，揖问。女曰：“君尚识我否？”细视之，即丫髻童也。冯咄咄称怪不已，因问：“何以至相救，且有此神技？”女曰：“实告君，我剑仙张青奴也。向从妙手空空儿学技，见玉面郎君美，偶动凡念。师怒，责罚尘世立功德三十万。今将满数，曩见君义，故来相救。以后如有所需，向西北呼青奴者三，妾当即至。我去矣！”一瞥而逝，声影寂然。

冯目瞪良久，始觅归途。至家会秋旱无收，城乡大饥。冯倡众议赈。郡有土豪，富而吝，不输一斗粟。冯愤然曰：“守钱奴，与则与，不与岂能败乃公事！”于是尽鬻其产，以助赈捐，得其半已竭力，变卖遗产，亦得其半，然犹有许多待哺者。计唯再得五千金则惠始遍，而家业已空，款又甚巨，辗转无以为计。乃向西北三呼青奴，室中红光一瞬，奴锦带缠头，轻妆艳服，从庭中飞至。冯大喜，伏地拜求，告以所谋。奴曰：“何不再向富室捐去！”冯曰：“都已捐遍，唯某豪梗命，不助一文，遂使郡中多尤而效之者，故尚少三千也。”奴曰：“彼如此可恶，我为若去取来。”遂纵身而逝。俄闻庭中掷金声甚厉，凡数作，冯燃火烛之，青奴已至，笑曰：“幸不辱命，已取得五六千金，尽彀君分发矣。彼始不肯，我以飞剑尽截其发，谓若少吝，当顷刻使汝做断头将军。彼方惧，故任我所取。”冯曰：“何不用窃取计，致使声张？”奴曰：“英雄涉世，岂肯做暧昧事者？令彼知之，正所以惩一儆百也。”冯叹服，跪谢地下。及起，女已不见。（《浇愁集》）

朱振玉

王席珍，尝从方外罗大成游。大成有友朱振玉者，孔武有力，尝为负行李食物以行。席珍与振玉登山，觅银矿为炼丹用，憩人家篱落下，倦怠思饮。举头望梨树累累正熟，欲觅竿击之，不能得。振玉曰："君以何枝佳？"席珍指曰："此枝佳。"则见朱眉间发白光如电，梨枝遂堕，削痕宛然，席珍始奇之。（《罗星潭观察述》）

奚成章

陆以真庶常，少时好武艺，技击良精。其父鹤山公，官顺天府尹时，有大盗奚凤者，飞屋履壁，捷如猿鸟。闾阎苦之，捕役久不获，公求之急，数责役。役曰："必欲获奚凤，非得公子力不可。"公召以真至堂上，诘之曰："役谓汝能获盗，汝自忖如弗能，勿轻诺；如其能也，须具结状，限满无获，则罪汝。"以真固不知盗之悍，而又以勇自豪者也，因具结焉。

侦知奚凤适宿旧陶，令数人守陶顶，率数人由门入，刺奚凤以矛。手方伸，见奚刀光举，矛遂断焉。正进退无据，奚则飞身出陶顶，守者击以石，奚下堕，因得断其腿，擒归抵法。

数日后，更阑，坐斋中作文，闻屋上有声，凝睇之，则一黑髯人，年四十余，体丰短，已立门下矣。问为谁，曰："郎君昨所擒奚凤之兄奚龙也，号成章。"曰："子复仇者乎？"因觅军械。曰："我即复仇，子何能为？勿妄动，我非复仇者。吾弟行不义，我以同胞之亲，不忍加诛，今死于法，诚是也。以汝年十五六即能擒吾弟，特一相视，非有他也。"以真乃呼酒共酌，谈论甚欢，订为兄弟交。继遂时至其斋，未尝由门阈，乃知为剑侠。谓以真可以入道，欲呼与俱。以真方有志于世，不肯往，唯受其外功，故武艺绝伦，能升屋距跃，有所自也。余尝求剑仙，以真以成章告，谓其人常游京都琉璃厂，目光炯炯，貌有静气。(《罗星潭观察述》)